黑人文學研究先驅

楊昌溪文存 下

研究先驅

韓晗
楊筱堃

 編

目　次

雷馬克與戰爭文學

　　戰爭是社會進化中不可避免的流血事，因此，他在世界文學中便占著很重要的地位。同時，在文學中便自然而然的因著認識的不同形成了非戰與謳歌的兩派；他們中緩進的便在紙上活躍的呈獻著他們的生命和靈魂，急進的甚至於在實際上（戰場）去實現他們的理想。

　　震撼全世界的空前的第一次世界大戰爆發時，非惟忙碌了軍國主義的軍事家和政治家們，即是文學家們也為這空前的大戰忙亂了，非戰和謳歌的人都各為各的理想而犧牲而戰鬥。

　　法蘭西在大戰爆發的地位很困難，因為文學家們感到了祖國危在旦夕，便不論老年和青年的人都起來贊助戰爭了。老戲曲家拉非登（Henri Lavedad）在J'Ilustration書報上及力以他帶著沉重的刺激力量的筆一面激發法國人的愛國心，一面深深的諷刺德國人。海洋作家陸蒂（Pierre Loti）也從東方快樂的異域情調裡逃出來詛咒（野蠻的）德國人。垂暮的老作家法郎士（A.France）也從雲端下來，混在惡濁的人世裡高聲的叱罵德國人，並想到戰場上去效力。住在寶石和黃金的宮裡做他想做的夢的象徵派詩人的領袖勒尼玄（Henri de Regnier）也唱起戰爭的歌來。迷戀在宗教裡的傑莫士（F・Jammes）也祈求上帝站在法國的一邊保佑法國的戰士奮勇殺敵，得到「正義的勝利」。頹廢的青年作家的領袖巴南（Maurice Banes）也領導了他的軍隊成了狂熱的愛國黨，鼓吹法國人去顯現第二次英雄精神，把歐洲人的文化從日爾曼人手中奪回。這一群作家與英國的威蘭士（H.Q.Wells）基卜林（Kiping）和作家愛國吟來讚美那勇敢的犧牲的英雄的比利時魂是老詩人康梅耳（Emile Cammaerts），由社會主義運動轉變到勸人去動刀動劍的象徵派巨大的詩人范蘭哈侖（Verhaeren）的比

利時文人是同一筆調的。所以他們在戰爭文學上的價值是用於另一方面。
而在同時與這些相反對的，便是法國的巴比塞和他是群隊了。

　　在協約國的文人們是因為德國破滅了歐洲文化，所以不惜犧牲的為
「正義」而戰──大名鼎鼎的義大利詩人鄧南遮（D'Annunzio）且做了飛
機司令親到戰線上去效力。──然而德意志國內的老作家們卻也在對方
狂叫著。老詩人檀曼爾（R·Dehmel）拋棄了他的冥想的愛的詩人生活來
作戰歌（Schlachlenlider）國祈詠（Fahnenlieder），咒詛他從前認為的敵
人，讚美戰死沙場的兵士了。曾經在織工（Die Weber）中描寫無產者革
命勝利的老戲劇家霍普特曼（G.Hauptmann）也拋棄了理想的天國和資本
主義的咒詛來糾合德意志的智識階級去辨認德軍在比利時的暴行。老詩
人霍蘭支（Arno Holz）狂歌著為祖國戰死。惠特金（Franz Wedekind）鼓
吹著愛國，老小說家托瑪斯·曼（Thomas Mann）為德意志的軍國主義辯
護；這一群老作家都是在戰場拋棄一切的理想來幫助威廉第二去征服歐
洲。但是英國，法國，比利時，德國的作家們所歌頌的軍國主義和武力主
義終於完全過去，在人們心中所留下的僅是一副猙獰的面孔。在歐戰停
後，他們感覺了自己所歌頌的時代已行過去，沒落，於是便只有讓非戰主
義的作家們永遠的活躍了。

　　在大戰中，非戰的作家們一面在對謳歌戰爭的人加以攻擊，而他們
也努力的在文學上作非戰的宣傳。謳歌戰爭最活躍的法國，而同時對於
非戰的作品也極力的獎飾，彭加明（Rene Benjamin）的「Gaspard」，洛
席（Jean deo Vignea Rouges）的《伐瓜之兵士蒲留》（Bourru，Soldat de
Vanquojs）利巴比塞的《火線下》（Le Feu）勃曲倫的《地面之呼號》
（L'Appel du Sol）都分別的得著龔古爾文學獎金及法蘭西學會的褒獎；修
松（Paul Husson）的《「L」Holocauste》，威倫（Mauricl Wullens）《從
戰線歸來》在文學雜誌「Les Humbles」上的反對戰爭的版族，羅曼羅蘭
（Romain Rolland）的《克勒莫巴爾特》（Clerambault）等都是對於歐洲
大戰下著激烈的攻擊。而同時，在英國美國都有非戰的作品出現，但是在
價值和聲譽上說，都及不上巴比塞的《火線下》，拉茲古Lalzko的《戰中

人》（Men in War），羅曼羅蘭的《克萊郎鮑爾》，這幾種都是具有永久性的作品，要瞭解雷馬克所描寫的時代，不得不作一番考察。

《火線下》的作者原來帶著個人無政府主義的色彩，但是從前線回來忽的變更了；因而將他的經歷寫成了一部偉大的作品。在過去十餘年間他在文學上的地位都由這部著作替他奠定，幾乎沒有人能勝過他的聲譽。

《火線下》所描寫的是七個兵在戰場所受的痛苦，從他們的談話和感想中烘襯出一班由工廠，店夥，礦工等出身的兵士們的心理，他們失去了本能的知覺，可憐地成為機械的等候著死的來臨。綠氣，炮火，疲勞，惡濁，殘酷，污移等都在讀者的面前展開，一幅陰森而可怖的圖書抓著讀者的全心。雖然是分成二十四章，但每章都可以獨立的成為一幅慘澹的沙場圖。在最末一章《天明了》寫著許多重要的話，是說德法兩軍經過大雨下的劇戰，有幾個兵士在土堆旁開始談論；因為他們從戰爭受了許多痛苦，不願使後人忘記了這次的教訓而重新更大的慘劇；所以他們如此的開始談論著。

「但願後人牢牢的記好，但願後人記清這次大戰所給予的教訓，不讓悲慘的戰事再發生呀！」

一個兵說後，四面都應和著說：「不許再有戰爭了！

「兩軍相打，就像一支軍的自相殘殺。」又一個兵說。

「只要我們打勝戰就好了！」另一個兵接口道。

但是立刻便有人在駁了：「僅僅打勝了戰有什麼用呢？我們所要求的，根本要消滅戰事。」

「那麼，要消滅戰爭還是免不了要打仗！」

「說不定呵！……但要認清了你的真正仇敵！」

「但是，或許我們要攻打的不是外國人罷？」

「說不定竟如此呢。人們還要打仗，為的是要趕走他們的主人。」

「那麼，德意志人也應該來一份？」

……

「人們為什麼要打仗呢？……」

「沒有人知道為什麼要打，但是我們知道人們是替什麼人打戰；他們是受了少數人利益興奮和鼓動而打呀！」

因此，在戰壕內一切的兵士都咒詛少數人，那些特權階級，憑藉大戰發財的資本家，騙人去死的教士，學者，教師。最終他們認定這等人是法國和德國人的仇敵，彼此都是被逼迫的走到為少數特權階級拼命的戰場上；而他們真正的敵人並不是戰場上的炮彈下拼命的兵士，而是那些少數的特權階級者。

在巴比塞的國人認為敵人的匈牙利的陣營中一個軍官拉茲古寫下的《戰中人》也是他的經驗的實錄；雖然那是他的試筆，但他的作風，像急而且抖的炫音，像愈戰愈急的旋風，像愈刺愈深的尖針；雖然在量方面只有六個短篇，比較火線下是少五倍，然而感人的力量卻一點不小於《火線下》。羅曼羅蘭認為《火線下》是告發帝國主義的罪惡，《戰中人》是證明帝國主義是儈子手，卻是切實的批評。

在第一篇《開赴前敵中》，描寫的是開赴前敵時的恐怖的回憶。第二次炮火之洗禮充滿了戰壕的慘呼聲，表示著不願打戰和殺人的心理。第三篇戰勝者把大戰的主動者的罪惡在尖刻的諷刺內隱藏著，把革命的思想在鎮靜的語言中埋伏著，帝國主義的口蜜腹劍，是在這篇展現得淋漓盡致。第四篇《我的夥伴》和第五篇《一個英雄的死》都是戰爭中的實錄。然而最富於革命性的要算最末的《重返故鄉》的那篇。雖然在拉茲古的六篇小說中都帶有點革命的傾向，但革命之火已經燃著而見於行動的卻要算這一篇了。主人公蒲丹從一切獲得刺激後，抽出刀來把靠戰爭漁利的大戶刺死，「富人靠戰爭發財，窮人去到炮下送死。」便是拉茲古的金言。

羅曼羅蘭的《克萊郎鮑爾》卻並不像前兩部是在描寫大戰時的兵士的心理，而僅是描寫大戰智識階級心理的作品，作者在告讀者上說，「與其說是小說，不如說是一個自由精神的懺悔錄，讀到他的過失，痛苦，和他在此大風暴中的努力掙扎。」所以他便不能如前兩者感人之深了。

巴比塞在《火線下》的末一章把他的社會改造的意見加入，他不僅暴露為少數人利益而戰的罪惡，不只描寫戰爭的可怖和咒詛，他更進一步

的暗示著更消滅這種戰爭，必須實行社會革命；在將來的社會中，是廢除遺產，費除軍備的世界聯邦。而且他知道戰爭是必然，無可避免的，要真正永遠的免除這種可怖與殘酷，就非得大多數的人起來革命，推到帝國主義，建立人類永久和平和友愛不可。所以巴比塞之偉大是在他並不是其它作者之作品僅在暴露戰爭的事實和罪惡，而且他是在一切的描寫戰爭的文學作品中算是第一部由事實的昭示指示人們一條永久的光明之路；並不是頭痛醫頭，腳痛醫腳的緩和政策，而是積極的往戰爭之所以發生的根源上加以撲滅。在作品的組織上，與雷馬克的《西線無戰事》般的，每個短篇都可以獨立；但在含義上，他倆卻大大的懸殊了。雷馬克並不把他的作品當作對於戰爭的控訴，只是把饒倖從炮火下生還者的一切感遇和生活寫出，並不會帶著訓教，指示人們要如何的因此而消滅戰爭；雖然在《西線無戰事》的第九章中幾個兵士曾如《火線中》最末一章的兵士們在戰壕中對於「究竟為什麼有戰爭」發生過如下的談話：

「一個人想起來真是奇怪，我們在這裡保住我們的祖國，法國人在那裡也保住他們的祖國。那究竟誰是對呢？」

「也許雙方都是對的！」

「但是我們的大學教授，牧師，報紙也都說，理在他們那一邊，那怎樣說呢？」

「無論誰有理，戰爭是照樣的有。而且每月有幾個國家來參加。」

「多半是因為一個國家太侵略了別的一個國家的緣故。」

「一個國家麼？我不能瞭解。德國的一座山不會侵略法國一座山的。一條河，一座樹林，或是一塊麥田也不會的。」

「但是政府和國家是一氣的，沒有政府，就不會有國家的。」

「對的，但是你只要想一想，我們差不多全是平民。在法國大部分也都說勞動者，工人，窮苦的店夥。那麼，為什麼一個法國的鐵匠或一個鞋匠要攻打我們呢？不，只不過是幾個執政者罷？……」

乃至把戰爭的起源推測到皇帝，將軍，漁利的資本的身上都不曾明白的宣示，僅是一種模糊的陰影在兵士們的口中溜過罷了。而且巴比塞作

品中的主人公是純粹的工農，店夥，礦工；雷馬克作品中的主人公和他們的同伴卻大半是智識階級——平民。——；前者是被迫的去到戰場，後者是愛國主義的熱忱所鼓動；前者是有主義的，有思想的，有意識的，有教訓的，有出路的；而後者是無主義的，無思想的，暗示的，容忍的，浪漫的，灰色的，無意識的。所以雷馬克的作品給人的緊張和興奮，非惟比不上巴比塞的《火線下》，既是拉茲古的戰爭中所暗示的革命思想，也是《西線無戰事》中所不及的。因此，狂熱的讀者盲然地把他認作無產作家，在雷馬克本人是並未如此承認的；僅寫了他寫的是「戰爭，——時代人的命運，和真摯的友誼，」三件要素，並不曾把他的作品為此種控訴狀，懺悔錄。但是從藝術上說，僅以一個出身兵士的青年作家，借著公餘的試筆便寫下了一部驚人的作品；不由得他的狂熱的讀者們把他當做法國的巴比塞，俄國的高爾基，美國的辛克萊了。

（編者注：原載《現代文學評論》第一期1931年出版）

土耳其新文學概論

幾千年來的土耳其文學，似乎在世界文學中沒有占著什麼地位，所以，單就回教國的文學來說，土耳其文學在過去的許多年代中，也絕沒有像阿拉伯，波斯那樣的產生了偉大的作家和作品。所以，世界的讀者們只知道有波斯和亞拉伯的故事，詩歌，絕沒有提到土耳其。但是，土耳其也並不是無文學的國家，不過，他的文學被國際地位和文字的艱深而埋沒了。假如不是有了新土耳其的建立和文字的革命，土耳其文學永久沒有發揚的一日呢。

一

在革命未成功以前的土耳其，不但政治和經濟是受了帝國主義的壓迫，即是在文字上，除了艱深的亞拉伯文之外，還加上帝國主義者作為文化侵略工具的教會學校所施行的教育中對於撲滅土耳其文字的陰謀。教育本來便不普及的土耳其，教會學校便成了國內唯一的學校。教會學校深澈了土耳其教育的弱點，所以，在教會學校中，除了宗教科目和英文或德法文之外，作為土耳其的亞拉伯文字是不准讀的。這樣，便把孩子們自然而然成了帝國主義的順民，把他們的民族意識衰竭；加以宗教思想的的束縛，他們的創作力，便永遠的被壓抑下去，以至於喪失了。但是，自從凱莫爾領導的民族革命成功後，毅勇的把沒落於帝國主義者的手中的教育權收回了，宗教教育廢絕了，艱深而不國際化的亞拉伯字廢除了，在拉丁字母實施後，不識字的人可望由五百萬的數目，每年減少十分之一的減少下去。

這樣，很引起了早日在土耳其角逐的帝國主義者的注意，所以法國天主教會而一九三〇年發表的年報中批評土耳其的新文學運動說：「關於文學上的波斯化和亞拉伯化的排除，是土耳其文學界想努力建設的一種事業。雖然亞拉伯人以為土耳其不能建設獨立的文化和文學，但是以民族意識為革命中心的凱莫爾統治之下，是努力不絕的在向新土地開拓。他們很想擺脫中亞細亞諸國家內的東方色彩，所謂文學，只是沙漠野地裡產生的神話，遺聞，軼事等的範疇而來重新踏上以描寫土耳其革命的經過和將來的企圖為主的文學底道路。所以，現刻是土耳其新文學建設的曙光期，在這種努力中對於法蘭西消閒派的作品底譯本，在新學生的眼目中，似乎是引起他們走向民族頹廢的地步。我們也並不悲傷，因為過去我們羅馬教的宗教教育，和禁止土耳其文的學習底反感，是應該在他們的民族意識啟發發生的」。這樣的批判，把土耳其的反宗教的文學運動的精神捉著了。

誠然法國早日對於土耳其是實施侵略政策的，但是，既是曾經幫助土耳其革命的蘇俄的文學的主潮也不曾流入，而且在土耳其國內簡直沒有蘇維埃制度和政治或文學的傾向，所以莫斯科的真理報上說：「土耳其從帝國主義者的桎梏下擺脫而獨立，不應把民族意識注入到文學作品中，她不應忘記俄國在革命期中給予她的助力，在文學中自然也應拋棄中亞細亞游牧民族時代的民族意識。而在新字母的使用中，在舊皮囊盛上新的酒漿中，可以反映出土耳其文學將來的新途徑決不屬於蘇俄和法蘭西，乃至歐洲的任何一個國家，因為她正在建設土耳其民族的意識為基調的文學呢。」

但是，因為舊字的勢力太大，而且不識字的人有五百萬以上的數目，在新文學的建設上不能在短期內見效的，政府為嚴厲推行與新文學建設有關係的新字母起見，曾經在君士坦丁堡燒毀了兩百萬冊亞拉伯文的書籍。不過，舊文字的潛勢力很大，老年人對於亞拉伯字消遣的書，是特別的愛好。因為在改用新字母而印行的千餘種書中，便有百分之八十是學生用的教科書，另外便只有四十本小說，三十本有詩句的，色彩圖書的兒童故事，十五本詩集。這樣，更兼讀書的都是集中在城市中，在銷路上，百分

之三十在伊斯坦部爾（Lstanbul），百分之二十五在安哥諾（Angora），百分之二十在斯密那（Smyrna）百分之十在撒生（Samsun）其餘的百分之二十便分散在三個小城中。所以，以讀書為消遣的人便不得不讀亞拉伯字印行的舊書了。

雖然在文字改革後作家是增加多了，但是，──從舊文字解放出來，因為銷路狹窄的關係，卻不易找著出版家。就以所出版的四十種小說來說，每種小說只印二百本到二千本，能夠賣上五百本算是極好的了。既是那號稱兩年來售了二萬五千的諾禮（R shad Nouri）的長篇小說《鷦鴣》（The Wren）罷，也決不會用新字重印過的。

《鷦鴣》在土耳其近代文學中是很有國際聲譽的一本小說，本事是描寫梅麗（Meude）與未婚夫口角而逃到安托利亞教書的故事，文體雖然簡潔，──因為不曾受到波斯和亞拉伯的影響。──但是，敘述的動作太遲緩了，敘述到女子的兒時和小學教師的經驗是很討厭的。但是，因為他在國內有了龐大的銷路，所以《鷦鴣》譯成了德文，而成了土耳其文學中唯一譯成外國文的小說家。諾禮在近代土耳其的作家中，他算是一個多產的作家，除了《鷦鴣》外，還有《污點》（The Blot），《從唇到心》（From Lip to Heart）和《秘密的手》（The Secret Hand）。所以，諾禮在其餘的比較著名的小說家如拉米（Hussein Rahmi）和代馬耳（Hossan Djema）中他算是一個傑出的人材。其餘的人便沒有怎樣出色的人了呢。

二

土耳其的新國家還未達到根本建設的時期，小說家和詩人中，沒有產生一個偉大的人物。純粹的近代的詩人似乎比小說家還更難，純粹詩歌方面的出版物，在近來只有議會某議員為獎勵學生而印行的《散文詩點滴》（Drop by Drop）是用新字做成的。其它的便只有民歌一類東西的出版物了。在同時，戲劇也是不發達的，除了民間文學中著名的人物凱拉戈斯（Karagoz）有幾篇木人戲的記敘外，別的便沒有甚麼創制了。

　　土耳其的詩人也並不是沒有的，不過，他們是不屬於現代罷了。中世紀的行吟詩人，在土耳其詩歌的歷史，乃至最近間都還有他的存留呢。

　　土耳其行吟詩人的清詞麗句，自隨匈牙利人的亞提拉（Attila）的軍隊出現于安那托利亞後，有伊斯坦堡大學和土耳其民俗學聯合會不斷的努力，便把他保存著，預備永傳萬世了。這種苦心經營的結果，發表了五本極精美的叢書，書名是：《土耳其行吟詩人詩抄及其研究》，柏教授（Krouproula Zade Tuad Bey）編輯，伊加夫（Eokaf）書局代伊斯坦堡大學印行的。這幾冊書每冊都有七十五頁收在一種將要出到六十冊以上的叢書內。柏教授是久以知名的土耳其民俗學的權威，他已收集了二十冊書的材料了，其餘的冊子都由他的學生努力工作著。這種書算是用土耳其新字排印的第一種書。這個收集的成績，以前本是用舊的亞拉伯字體精抄著，而沒有作出系統的編輯，到現在已有二十五年了。

　　關於行吟詩人活動底故事，在叢書的第四冊中，把行吟詩人作了一個歷史的記載。據柏教授的意見，安那脫里亞古文學之興起，是在十五世紀時，通俗詩人的來源，所以被刪去的原因，是因為他們的作品在當代是被認為無價值的。

　　柏教授認為最初出版的詩的集子中，是把古代的歌謠省略了的。十七年來，我們穹源溯始的研究著，發見了少許，這樣我們注意方面的大部分移到了十七世紀至十九世紀的俚曲盲詞。同時，有些古代的抒情詩也很可以找出來，是甚麼人做成的，我們就不得而知了。我們所知道的第一個行吟詩人的名字，就是伯希（Bahshi），生存的年代大約是十六世紀的上半期。他的斷章殘韻，是在一種撕濫的，幾乎分辨不出字來的稿本中。因為他是音韻旋律和形式都已具備了，在古代，這樣詩字來就被認作是土耳其的詩體的。柏教授這樣的引了幾行：

　　蘇丹，塞里姆
　　坐在他的寶座上，說道：
　　「來，」讓我們在征服埃及，

達馬士革的人民都要從城裡出來，（注一）

在我前面逃走。

我們要去征服柯拉撒（注二）和米底

我們要去征服拉拉雲撒大。

蘇丹這樣說而且向前進邁，

左邊右邊的察看，

「跟著我來」他說了，

向前進邁。

（注一）達馬士革（Damascus）的敘利亞城。

（注二）柯拉撒為波斯書名

餘未詳

在第四卷的行吟詩人歷史記載中，論到了四個十六世紀詩人，米米（Kul mehnred）底弟（Eupsuz Dede）克洛格羅（Keuroglouor）和深亞里（Hayali）。他們的非常的詩體的一種思想和主題，可以從下面的例子中看出：

呵，山嶽呀，

你看見我可愛的人兒沒有？

你問他今天安好否？

*　　*　　*

呵，

你姣美的人兒喲，

我崇拜你的蔚藍的眼，

我的心為你所有，我向天國發出了這個問語，

你是不是把他生成了一個天使？

在這些收集的大多數的除了他們內在的價值外，又供給了許多時代的描寫。因為這種謳歌者的聽者，不是什麼文人學士，而是一般普通士兵，詩體是極簡而易解。在其餘著卷中，完全是各詩人的作品了。恩拉（Erzurumlu Emrah）是十九世紀的行吟詩人，亞保達（Prisuetan abdol）是一個「克叟伯希」（Kizilbash）或者是十七世紀居於裡海東的條耳民族（Turkomon）。馬司塔非和格夫里利（Gevhevri）都是十七世紀最流行的抒情詩人。只是格夫里利一人，書中抄了他一百七十六首情歌，滿含著愛情和自然的麗景。

據柏教授推測，在最近的百年，或者那些還在安那脫里亞謳歌的行吟詩人要算是他們中最後一批了，再到三四十年來以後，這種職業將沒有繼續的人了。

一年以前，土耳其民俗學會派了一個代表隨著音樂遠征隊到東部安那脫里亞去，目的在記載些古代的詩歌和凡俗。最近第二群中，又有四個專門正在整理臨近著奧發（Ourfa）和代伯克（Drarbekir）的那些游牧民族村落中的民歌。這種工作，企圖收集一些作品來保存著發揮出他的妙味，作為學校的教材，或許土耳其文學的基礎便要藉此建設起來呢。

另外，在早於這大結集以前，關於行吟詩人而屬於倍克塔西（Bektash）教徒的偉大的詩的結集，早有了奴撒特（Sadettin Nuzhet）所搜集而印行的一大冊。倍克塔西教派的行吟詩人與上面敘述的流派不同，他們是回教底一個比較自由的支派，他們因為同正宗回教是處於敵對地位，所以，他們的教徒們所作的故事和詩歌都是為嘲諷正宗派教徒而作的。而且，因為怕受正宗派的迫害，一切的詩歌和故事都秘密宣佈的。這個教派是由倍克塔西創立的。倍克塔西據說是行了很多奇蹟，為倍克塔西教徒皆戴自像基督教徒都戴十字架一樣的十二個角的圓石，據說是倍克塔西行奇蹟時從嘴裡吐出來的，每個石角，是代表十二個這教派上的十二個領袖。他們行奇蹟的故事在土耳其民間流傳著，而故事和詩歌很帶有一種波斯和拜火教的氣氛，以前的小冊子和德文譯本，卻沒有這次的完善。

所以，現在土耳其的新文學運動中，關於取集民間故事，算是占了

大半的勢力。而勢力集中的大本營便是民俗學會和伊斯坦堡大學。伊斯坦堡大學的柏教授所搜置的民俗學的材料，已經有很多譯成了德文。凱亞的故事（Mas-din Kyodjia）雖然不是由柏教授的一群收集的，但是這位詼諧家的兒童時代到求學，青年以及審判官時代和老年時代的故事在土耳其傳說中是被認為很有趣味的，現在不但譯成了外國文（中國已有梁得所的譯本，在良友公司出版）而且在新文學建設的時期中，還由伊克巴爾圖書館用新土耳其文字印成一本八十面的小冊子呢。柏教授在和學生們的繼續努力中，作為建設土耳其新文學基礎的民間文學，已經快要成為全國文學中的主要工作了。所以，國內的人們，極力注意在保持土耳其固有的而帶有神秘性的民間文學，因此，法國寫實作家左拉的東西便正投合了他們的趣味。他們企圖在推翻傳說的文學，而由古代的哲學和詩歌中找出他們全民族的範疇，由民間文學探索出土耳其民族所呈現的特性，那樣，在新字母嚴厲的推行中，土耳其文學的曙光，便可以由民間文學而燦發了。

四月十日夜於上海佇月樓

（編者注：原文刊於《現代文學評論》第二期1931年出版）

現代世界文壇逸話（一）

罵丈夫的女作家

法國女小說家柯奈耶（Marie Corelli）決定終生不嫁，接近她的朋友們都很以為奇怪。

她的朋友常常問她為什麼不嫁的原因，她回答說：「我沒有家人的需要呢。」朋友們更奇怪她的意思了。

經過許多的詢問過後，她續解釋說：「我要一個丈夫來做什麼呢？在我的家裡有三個愛物，他們一道兒也是具有一個丈夫的目的呢。我有一隻狗，她整個早晨咆哮不休。我有一隻鸚鵡，她整個下午咒罵著。我有一隻貓，她在夜深了才回來。」

她回答朋友的時桌上站著的貓和地上站著的狗，由她俏皮的，簡單的語句，把一個丈夫的醜態形容盡致了。

囂俄的情事

法國浪漫主義的文學鉅子囂俄死後的遺產，據說差不多要上十萬金磅。

他在幼年時，因為母親死後沒有親戚和遺產，未成名時的筆墨生活，一年不過六七百佛朗，以至個人沒有三件襯衫呢。

不過，生活漸漸的變好了，後來，他還同法國當時的浪漫女人貝哈德（Sarah Bernhardt）戀愛過。囂俄曾經送她一顆稀奇的珍珠，女人在她的喉間帶了很久。女人把珍珠叫做：「囂俄的眼淚」因為他把珍珠當成了

一顆在女人足下浮動的眼淚。唯美派的詩人王爾德曾經讚美這個珍珠說：
「遠遠的瞥視著時，他好像上帝的聖城繞著那神聖的喉頭，在喉頭那兒，
迷離著一顆完美的珍珠。」

　　這位浪漫主義的鉅子，似乎愛同浪漫的女人往來一樣，除了這位女人
外，女戲子裘麗黛（Juliette）也是有趣的。

　　裘麗黛雖然是一個戲子，但是，在囂俄還未成名時，她就獨具慧眼的
賞識了這位後來浪漫主義巨匠的詩人，直到囂俄名聲大噪時，女人對於囂
俄的愛情，也伴著名譽的增加，一天一天的激增起來。

　　裘麗黛是個姿態妍麗，性情和婉的女戲子，但是，她與一般的女戲子
不同，她愛文藝，愛詩歌，尤其嗜愛一切抒情的短詩。當時的高貴的法國
人和文學家都樂於與她來往，在眾人中，最為她所鍾愛而欽佩的，便是囂
俄。所以，她與囂俄戀愛時，因為她芳潔才思，和犀利的文字，在情書中
所表示的熱烈和纏綿，是當時文壇上不曾創見的。

　　裘麗黛在一篇情書中說：「……我要告訴你，我唯一的希望，就是和
你朝夕相處。你怡然一笑，足使我心頭悅服；你默然無語，足使我竟日不
笑。你的情愛，就是我的幸福的寄託者。假如我不知道愛你並且不能使你
懇切的愛我，那麼，我的一生還有絲毫價值嗎？天下的事情，什麼不能引
起我的注意，可是你這卓越天才，高尚的人格，偏使我思潮起落，觸景生
情，無有自製，這是誰也料不到的呀！……我的至愛的囂俄，我雖相信你
對我一點兒沒有假意，沒有作為的模樣，可是，我卻不能不要求你給我個
保證。假使你以為我的話不錯，而快快活活的展示你內心的真愛，就請你
立刻跑來，給我令人陶醉似的一個甜蜜的接吻！」簡直把詩人當成她的生
命和靈魂了。

　　但是詩人在誠懇的熱愛外，還常常以長輩的身份來責備她。詩人認為
犧牲色相不好，不如另做一點事。在要另找工作時，詩人又認為還是替他
整理或抄寫文稿的好。這樣的神經過程，真是難於作詩人的愛人呢。

　　裘麗黛真的接受了詩人的意見，因為愛之深切，不惜犧牲了繁華的演
戲生活而來替詩人抄寫文稿了。有時因為抄久了，手寫乏了休息一刻時，

詩人卻握著她嫩白手臂說：「你總應該幫助我，替我抄寫才是。」據說有一次詩稿掉落到火中，引起了詩人的大怒，強要裘麗黛再抄一遍。詩人雖然是怒氣衝衝，而他的愛人卻笑瞇瞇的承認再抄一遍，一點怨氣也沒有。善於抒情詩的囂俄卻一點體貼的心腸都沒有，真是難為溫柔的愛人啊。

哈姆生的怪脾氣

近代挪威的小說家哈姆生（Knut Humsun），不但是挪威，乃至北歐的一個大作家，而且他還是北歐文學家脾氣頂怪僻的人。

早前德國的畢南生（Herr Walter Berendoohn）在一篇論文中認為哈姆生受了德國小說家托瑪斯·曼（Thomas Mann）和韋特金（Wedokind）的影響，哈姆生在一篇論文的回復中，卻極端否認，因為他對於托瑪斯·曼的小說譯品只草率的把《勃登白洛克思》（Buddenbrooks）看過一遍，韋特金的東西，他卻一個字也沒有讀過。在文句上雖然沒有痛罵，但是在語氣上，卻大發著怪脾氣了。

哈姆生是個怪脾氣的人，雖然他說他不癖愛書籍，他卻深深地羨慕那種在西比利亞飛行起的故事。但是，他還承認自己的作品也受別人的影響，只是讀過的作品，至少可以影響到他。因為他是有感情的動物，他也很容易受暗示，受威脅。據他自己說，在年幼時所讀的關於尼采，杜思退益夫斯基，和史特林堡等人的作品，使他受了最大的影響。

因為他性格怪癖而畏懼，對於來訪的新聞記者，或者慶賀他的賓客，他都極力的躲避，即使對於自己在七十壽辰的時候，他也私自坐上了一輛小車，逃避到海濱的小村裡，弄得熱烈的賓客們，找不著正式的主人。

挪威作家協會是很讚賞哈姆生的，所以，在他七十壽辰時，特別定制了一個碩大裝璜華貴的，雕刻著精巧的銀盃來作為禮品，這樣尊仰，在挪威作家的壽辰，這回算是一個新紀元。但是，當作家協會誠懇問他在那日那時那地來正式把銀盃呈現給他時，他卻出人意料的回答說：「你們把銀盃所值的重價改做別的事吧。最好是想一個辦法，把銀盃改贈給喜愛銀盃

的人。只可惜，銀盃上刻上我的姓名，最好你們找一個銀匠把我的名字挖去，另外補上別人的姓名好了。」協會雖然並不會這樣做，但是，哈姆生的癖性，卻把作家們苦煞了。

他不但不喜歡書，政治和社會事件他也不注意呢。

經過許多人的訪問，還是得不到他全部思想的縮影。直到現在，他對於知道的幾個有限的的人物中，他終究找不著誰比誰高。主張歐戰和戰後的幾個政治家是他最憎恨的，對於男人或女人的品格，他重視的都是潔白。對於飲食，他沒有過多的奢望，對於面前所陳列的食品，他是常引為滿足的。

關於作品方面，有人把他與英國的哈代（Thomas Hardy）相比，因為他倆都是定命論者。但是，哈姆生沒有一點哈代所具有的浪漫氣質，對於人生的描寫是純客觀的，這樣，對於人生問題，他是極力把捉著人生，除非在不得已時，他是不願意死亡的。

因此，常常有人懷疑他，問他怎麼愛好人生，而又極力躲避人的犧牲，他常常覺到不值得回復，因為厭煩人的酬酢，並不與他的人生觀衝突。

美國的小說家霍桑除了和論文家愛瑪生特別要好外，他的愛好孤獨，也是不下於哈姆生的。他認為和文學家來往，還不如和水手等玩遊戲更有趣，哈姆生雖然還不會變到如此，但是也算是北歐與北美的一對怪脾氣者呢。

普希金的戀愛事件

在俄國尼古拉一世時代的普希金，大家都對於他的革命思想生了厭惡，不過，尼古拉一世很向普希金表示好感，其它的大臣們卻時常想設計陷害他。普希金是個熱情的戀愛者，他的死亡便是為了戀愛的決鬥呢。

普希金美麗的妻子在當時的俄國社交界是很聞名的，因為仇視他的員警處長貝肯特耳夫匿名信的慫恿，他便約定認為與妻有關係的何赫凱倫.頓托伯爵決鬥，便因此斷送了他的性命。但是，普希金禁絕自己的妻

子與別人交際和戀愛，而他自己卻背著妻子與克恩夫人戀愛呢。他在一八二五年八月二十八日在密俠洛夫斯克耶給克恩夫人的信內說：「你如果對於你的可敬的丈夫生厭了，讓他坐著罷，……。你不要顧慮到你的苦境，只管弄一匹驛馬來到……這種優美的計畫旋轉於我的腦中已有好長鐘點了……你知道，這種計畫一經實現，我的幸福是怎樣大啊！……離開丈夫已經夠受誹謗──倘再走一步，那更不用說了，可是，你必須承認我的計畫是具浪漫的。……一旦克恩死了，那你便和空氣一樣的自由了。……星期一日我是笑樂的，星期二日我是非常興奮的，星期三日我是非常體貼的，星期四日我是活潑敏捷的，星期五日我是熱心服務的，星期六和星期日我將唯你命是從；整個的星期我願意拜倒在你的腳底下。」這樣的馴服和溫存，普希金是為女人所顛倒了。

但是，在一八三三和三四年中他給妻子的信，卻仍然極端限制她賣弄風情：「……你似乎還在想賣弄風情，可是，你要注意，現在不應有此舉動，不然，只能視為不良教育的表現，此事絕少意義。你喜歡男子們跟著你跑──你要圖歡樂是有許多理由的。……一般向你求愛的男子們，怎麼要招待他到家中來呢？……」在普希金的生活中，這卻是一種矛盾的事實。

武者小路實篤的四角戀愛

日本白樺文學派的健將和新村的實行家武者小路篤，早前曾在日本文壇沉悶關於人生機械化的自然主義時作過人道主義者的人生文學呼號，以新的理想主義而消滅了無力的自然主義和享樂主義，這樣，武者便取得了日本文壇的中心地位。

武者所以能獲得文壇上的地位，據說，在實際上得力于他的夫人房子的力量不小。房子夫人是個溫柔而且能幹的女人，她不但在文學上幫助武者，即是在新村的實施中，她也還占很重要的地位呢。

武者在大學時代曾被人稱為追求托爾斯泰新理想的聖者，但是聖者終於擺不脫人間的誘惑，一種四角式的戀愛便斷送了武者夫婦的幸福，而

且斷送了新村的理想。因為在那時，武者曾經同一個女子戀愛而有了孕，房子也同一個少年戀愛著不能分離，在這種四角戀愛中，號稱為聖者的武者，便在愛的網羅中不能解脫了。

美國文人的收入

美國近年來因為經濟的擴展，文學也伴著蓬勃了。而同時，文學家們一年所得的報酬，也與從前大有差異了。據英國倫敦郵報所發表的統計，全國作家，年收入最多的要算通俗小說家克蘭德（Clarence Budington Kelland），每年是二萬五千金磅（以現在匯價約合華幣三千萬元。）第二是得一九三〇年諾貝爾文學獎的劉易士（Sinclair Lewis），每年是一萬二千五百金磅，其次，迦倫（Mac Mair Kahler）一萬金磅，布朗菲德（Louis Bromfield）七千五百金磅，女作家甘撒（Miss Willa Cather）在三四千金磅之間。假如以中國的情形比較呢，真是天淵之別了。

布蘭兌斯的書劄

十九世紀丹麥的文學批評家布蘭兌斯（George Brandes）——或許是世界最偉大的文學批評家——十九世紀文學的主潮等書早成了文學界的巨制。但是，關於他的生活，卻沒有確實的記載。最近由他的書記魯格（Gertrud Rang）君把他收集的布蘭兌斯書箭發表了，便可以從那其中認識整個的批評家了。

這冊書箭大部份是他晚年生活的記錄，可以做他自傳的補遺。內中有他同時的文人的有趣的觀察，他們有些至今還生存著。他對於法蘭西哲學家麥爾生（Emilc Meyerson）流露了熱情，而對於柏格孫卻加以反對。澳大利的性學家弗洛的（Frend）對他非常的稱揚，說他極像預言家伊撒（Isaiah）。他反對科學家愛因斯坦的猶太民族主義，在文學上也有些地方與籍特（Ander Gide）不同。在美國的遊歷中，他很為忙碌所苦，而他

自家又是一個熱心的作家，所以，常常狡獪的走出了寓所，讓寓所中的電話響個不休。有一次，在丹麥京城柯本哈根，美國的大小說家德萊賽（Theodore Dreiser）來訪他，坐了兩個鐘頭，他只很困難的說了一個字。

因為青年時曾激烈的攻擊過丹麥的社會和宗教，他在本國不能安居，長長的在巴黎和柏林流住，一直到名聲大噪時，國人方集數來迎他返國。所以，因為他從祖國得不來像外國一樣的好印象，使他咒詛人類和學術，形成了一種病態的咒詛。在他最後的幾年中，達到了他渴望拜訪希臘的機會，在希臘時，他第一次便講演著希臘的文明，而對於產生近代文明的希臘，大大的陶醉了。

（編者注：原文刊於《現代文學評論》第二期1931年出版）

現代世界文壇逸話（二）

作家與銀行衛士

貝納德（Tristan Benard）是法國當他聞名的一個作家，他是世界上一個最美麗的男子。他是一個胖子，有著微笑的眼睛，有著長長的鬍子。他在夜間與朋友閒談談中，常常講述許多窮得入骨的藝術家和小說家，使人在精神疲倦中不禁為之一振。

但是，貝納德不僅專門的講述一些窮作家們關於錢的趣味，對於他自己的趣聞也是津津有味的呢。

有一次貝納德從他的一本戲劇中弄得了九萬佛朗，他決定把這由心血得來的八萬佛朗作為他的幸運的基礎，把他存積起來。因此，他決定把他儲蓄在法蘭西銀行中，而且他決定把這八萬數目再積蓄起來，使他達到一百萬佛朗。但是他的命運卻與他背馳著，而他的資本不僅是沒有增加，反而逐漸的減少。因此，貝納德常常在法蘭西銀行出現，不是去儲蓄，每次去都是取錢；不到幾個月，在銀行存儲的全部資本只有一千佛朗了。

但是，在短期內，有一種事又使他必須看這僅存的總數了。他哀愁地走到銀行去，把僅存的一千佛朗全部提取了。而今，他是由八萬佛朗而變成一個佛朗也沒有存儲了。當他要離開法蘭西銀行偉大的房子時，他注視著站立在銀行前面護衛的兵士。

因為依照往日的習慣，自古在法蘭西銀行前便有一個持著刀劍守衛的兵士。貝納德哀愁地向著衛士走去，拍著他的肩頭，帶著一種友愛的聲音說：「謝謝你，我的朋友。現在你可以回家去了。」

雖然貝納德曾講到一個維也納愛錢的戲劇家莫爾納（Ferenc Molnar），但是他自己的變換衛士的愚蠢是更有趣味的呢。

小說家的模特兒

小說家的每一步作品都是有他的模特兒，不過有些沒有甚麼趣味罷了。

英國戲劇家巴蕾的「顯示勳章的太太」據他自己說，那女太太便是在愛丁堡讀書的大學時代的女主人。已故的小說家兼戲劇家的哈代的小說黛絲中的女主人公是他在一個黃昏在馬車所看見的印象的再現。

據說法國古典派戲劇家莫里哀的卡門的主人公，也是他自己所見到的一個女性，由他自己加以美化的。

日本小說中的模特兒比任何國更來得多，尤其是女戲子，成了許多作家喜用的題材。如佐藤紅綠的「光之巷」內的女優葉子，相傳是帝劇的女優初瀨浪子。他如惡魔派的谷崎潤一部的作品中的女優也是常見的模特兒。而且就在近來，廣津和郎在婦人公論上所發表的侍女一篇中的模特兒，因有影射到富翁作家菊池寬的地方，還引起了菊池寬去毆打了該雜誌的編輯呢。

美國人克服吉卜林

英國現存的小說家中，吉卜林（Bodyard Kipling）也是一個世界聞名的。他的作品中常常描寫到倫敦的一切，更是常常描寫到他自己在倫敦的住宅。

吉卜林少有接近訪問者，有一次，他被一個帶著兩個孩子的美國人克服了。

「你是吉卜林嗎？」當美國人來時，他便突然地問著吉卜林。

「是的。」吉卜林簡單而匆忙的答著。

「孩子們，這便是吉卜林。」

「這是你描寫的那兒嗎？」美國人又急促而簡單的問著。吉卜林承認地點著頭。

「孩子們，這便是他所描寫的那兒。」

然後美國人離去了，他還把倫敦再看了一看。

這種陌生人突然來到的侮辱，使他自己也莫名其妙。雖然他並不像老頭兒蕭伯納那樣的俏皮討厭，但是近來也有罵他，說他對於英國文學的知識是無竭止的，而對於拉丁文呢，卻比一個平常的孩子還更可憐，也是刻骨的痛罵呢。

嚐湯賊迭更斯

英國的通俗小說家迭更斯（Charles Djchens）到現在已快死六十餘年了。但是，他的一個女僕伊斯湯（Eastown）在一九二九年才以八十二歲的高齡死去。伊斯湯在生前曾述及迭更斯嚐湯的事是頗饒興的。

一天女僕剛下自己住宅的樓去察看門前站著的一個生客時，突然看見那位生客在穿著襤褸的衣服外，還有一頂破帽遮著半臉兒，在頭上繫住一條紅色的手巾。女僕把他認成了強盜，待要叫喚時，迭更斯卻發出聲音了。他告訴女僕說他扮著這個樣兒到許多施湯處去嚐嚐施捨的湯究是怎般的味兒。

這位女僕一直同他住到一八七〇年死時，在晚年，迭更斯便靠著年金過活。迭更斯對待女僕很好，在生時送了她不少的東西，最貴重的是一件茶壺，一直保留到死前還成為迭更斯遺物中最寶貴的一件珍品。

雪萊的信徒──諾貝爾

瑞典的諾貝爾文學獎金誰都知道是世界上唯一的文學大獎金。但是，大家都只知道這包含和平，醫藥，化學，物理學，文學的諾貝爾獎金的主人諾貝爾（Alfred Noble）氏是一個化學家和工程師，但是，他同時

也是一個文學愛好者。在最近英國出版的斯加克（H.Schuck）和沙爾曼（R.Sohlman）所著的《諾貝爾之一生》（The Life of Alfred Noble）中便明白的說他是一個科學家，而同時還是大詩人雪萊的信徒呢。

在諾貝爾每日的生活中，他把通常的社會生活，飲食，會客等在他的工作和理想等平均著。因此，在工餘他是詩歌的愛好者，對於雪萊的詩是特別的拜服。他選擇了雪萊的「過度的理想主義」，他的和平主義是基於雪萊的思想，而且他也與雪萊一樣的，對於基督教有一些兒同情。

這書算是講諾貝爾生活的第一部大著作，在書內還包含有德國的斯托斯曼（Dr, Stresemann）和英國張伯齡（Sir Austin Chamherlain）的簡要的序言，兩個都曾是諾貝爾和平獎金的得者。

俏皮的蕭伯納

英國的老戲劇家蕭伯納生來便是文壇上的孤兒，直到了大名鼎鼎的現在，簡直成了一個俏皮的老頭子。

他在未成名時，第一次所得的兩先令稿費是替一家商店做廣告，靠著數十年來不斷的努力，而今非惟文章可以賣高價錢，既是創作的原稿本的零篇殘骨，每一個字也可以值一金磅了。

他因為現在已成了富翁，常常含譏帶諷的對小作家俏皮，他說：「如沒有人要件的稿子，你可以作作廣告文字也好。因為我第一次的稿費便是幹那勾當得來的呢。」

老頭子常常睥睨一切的小作家和小藝術家，每每同他們互相俏皮的罵起來。去年他同英國新近的盡家里文孫氏罵架，弄得全英國的畫家們都說這老頭兒老癲了、畫家們因為沒有人罵他們的書，幾乎弄得沒有麵包吃，蕭伯納俏皮的勸他們便宜點好了。里文孫便痛罵回答他，罵他為什麼要把開演自己的戲劇時候的票價加得高高的，而老頭子卻回答說：「事實上是可能，觀者很願意受我的竹槓，但是紳士寧肯在酒店，咖啡店或舞蹈場裡一次慷慨地給小夥計五個金磅，但是他不願意出半個金磅去看你們的書。」

近來他又常常在文學和戲劇之外作一點政治的論文和講演，他們所謂改良的費邊主義的理論常常引起了他人的駁斥，在自己辯論到不得已時便以老賣老的罵人。

他在去年作的政治戲劇蘋果車，在表演上並不如何成功，而且有一二種的英國當局還禁止上演，但他卻在每一次上演時都親自去參觀，也可算是這老頭兒的毅力很強呢。

雷馬克眼中的法蘭西

雷馬克是最喜歡遊歷的，所以臨近德國的瑞士和法國便成了他時常遊蹤所及的地方。

他去年曾在瑞士達佛斯地方醫治過六個月的肺病，他曾在去年漫遊過法國全境，在經過法國三千七百多英里的旅行中，他對於法國鄉間的農民得著很好的印象。他覺得法國的農民是溫厚和有禮，談話是異常的流利。既是他們的理髮匠，也能從短簡的談話中顯出思想的敏捷。

在巴黎的生活中，他也與德國的政治家斯托勒斯曼一樣的，喜歡在賽納河畔漫遊，喜歡游倦了時在一家小咖啡店前的小臺上坐著眺望。而且因為巴黎認識他的人很少，並不像柏林一樣的使他麻煩。而且法蘭西對於《西線無戰事》的同情，還比德國人更甚，所以，他不得不對法國生著留意了。

愛羅先珂摸小腳

在滿清的時代，女人包小腳已經成了普通的現象，在西洋人的眼中很認為奇怪。所以，他們往往過甚其辭的宣傳，以便作為侵略中國的一種外力。但是，許多人甚至向小孩說，中國的男子乃至皇帝宰相，外交官員都是包小腳的。

稱為滿清末年大外交家的李鴻章到外國曾產生了很多的趣聞，有一次他到俄羅斯去參觀盲啞學校，害得早前到過中國的盲詩人愛羅先珂忙亂了。他

常常聽先生說中國人是完全包小腳的，因為他不能看見，他便私自去摸李鴻章的腳是否小腳。雖然結果是證明了不是小腳，但是先生給了他一頓痛打。

甜蜜的勃朗寧夫婦

英國詩人勃朗寧（Robert Browning）和他夫人勃勒提兩人的戀愛是被認為自來文學家戀愛中最美滿的一對。他倆在未相愛前沒有其它的戀愛經驗，但是當勃朗寧一會見沈屙不起的勃勒提女士後，他便戀慕起來，在夫人身上建立了戀愛至上主義（Love is Best）因為詩人的熱愛，沉疴不起的女士，也放棄了自己詩歌的盛名來愛無名的勃朗寧了。結果，因為家庭的反對，他們雙雙的逃到義大利結婚去了。

因此，他的家庭得不著好感，迎她的妹妹也似乎不滿意於他的行為。但是，他們雖然失掉家庭的天倫之樂，而他們在風光明媚的義大利海邊的戀愛生活，卻是千古無與其匹的。關於這時期的熱戀，從勃勒提女士的情詩《葡萄牙人之歌》（Sonets From zhe Portuyvess）中便可以看見。這四首情詩是夫人私自寫好的，當有一天詩人正在向窗外凝望時，夫人忽然地在他的荷包內塞進了這一束詩稿，要他拿回書房去獨看。詩人在讀後驚歎為絕作，到現在還傳為韻事呢。

夫人的妹妹早日雖然不滿意于夫人私逃的行為，但是妹妹後來也從家內逃出來獲得了結婚的自由。因此，夫人在讚美妹妹的勇氣之餘，便同妹子為寫了許多善而有趣的信。

內中關於她和詩人倆的甜蜜生活的描寫，最值得人留意的是在她倆得了一個獨一無二的孩子後，向她妹妹的報告。她說：「在我倆間而今是臨到了更濃密的愛，在以前從未得著過。他是深信我，我也是深信他。他是密切的接近我，我也是如此的接近他。……我倆永遠的心心相印，而且每天都是心心相印的生活著。……我倆真是幸福，上帝是值得讚頌的呀！」這些甜蜜蜜的句語，已經把日本廚川白村所贊許的戀愛至上論者的甜蜜生活道盡了。

義大利因為戀慕他倆的生活，直到現在還到他的住處去憑弔，對於他的遺物還不惜重金的羅致。

文人稿本的重價

近來英美的收藏家對於已故著名文學家和現存文學家的手策和初版書，都把他們當作了古董，常常給出了出乎意料的重價。

美國平民詩人惠特曼（Walt Whitman）的《草葉集》（Leanes of Grass）的初版本現在由柏克黑德（Lord Birktnbead）以四百二十金榜售出，其實《草葉集》出版到現在還不到百年呢。

最近間，芭蕾的戲劇「Auld Licht Idylls「每頁約八金磅。而在同一售賣室內，英國小說家士累利（Benjamins Wisraeli）的洛沙（Lothair）和愛底米思（Endymion）的稿本也售著了九百五十磅和一千一百金榜的重價。

而同時「Erewhom「的作者布蘭特（Samuel Bulter）的稿本在倫敦也賣了四百二十七金磅。在內中有一篇講演是講到大詩人荷馬史詩奧德賽的作者是一個婦人，對於近來研究古文學的人是有很大的補助。

（編者注：原文刊於《現代文學評論》第一期1931年出版）

匈牙利文學之今昔

一

　　歐洲的機器工業勃興，在經濟和政治上都促成了弱小民族的獨立運命。因此，每一個弱小民族賴以維繫民族精神的小說，戲劇，詩歌，民間故事等都伴著民族獨立運動而興起了。匈牙利在歐戰前雖然是與奧大利合組奧匈帝國而成為世界六大強國之一，但是，在那時所謂匈牙利王國也無非是奧大利的保護國，一切的措施都是惟奧皇命令是聽，而在觀察上也無異是被壓迫的弱小民族。

　　所以，在十九世紀的匈牙利文學也經顯他獨特的精神，產生了不少的作家。但是自從十九紀初期到十九世紀末葉的幾十年間，而能作為詩歌和小說的代表的，卻只有小說家摩爾（Jolai Mor 1825-1904）和詩人皮托非（A. Petofe 1823-1849）兩人了。

　　摩爾是近代匈牙利小說家裡偉大而傑出的人才，他不只是專門憑藉筆頭吹法螺，也不是專門坐在象牙塔裡創作的人，他的生活是政治活動有著及密切的關係的。在一八四八年匈牙利的大革命是他變伴著詩人皮托非而激烈的從事於革命工作了。但是，不久間，革命便顯著失敗了，使他不得不在以後的半世中專心致力於文學的著作。他的著作很多，《黃薔薇》（Asa-rya Razsa），《匈牙利富翁》（A Hungarian Nabob）和《工作之日》（Hetkoznapok）等都是他的著作。

　　皮托非是寫匈牙利民族所熟知的熱情詩人。不幸在二十七歲時便在為祖國而戰的戰場上淹沒了，不知他是生或死。他的每一章詩都是伴

著熱烈的情緒來鼓勵被壓迫的匈牙利人起來革命，所以，在一八四八年
的大革命前是不准印行的，一直到了一八四年，因為出版自由會的公
佈，他的詩集才有出版的可能。直到現在，他的《起來呀，馬格耶人》
（TaIpraMagyar）還是匈牙利民族的馬賽曲。

　　在他兩人後，在二十世紀的作家便以莫爾納（Fanz Moloar 1878-）、
拉茲古（Andreas Latzko）、馬克維茲（Rodin Markvits）和女小說梅
麗（Maria de Szabo）、李曼毅（Jozsaf Remeayi）、卡沙克（Dajos
Kassak）、徐奈海（Dajos Zilahy）。

　　莫爾納最初是學習法律，後來做過新聞記者，他在十八歲時便開始了
文學的著作。自從發表了劇本《惡鬼》（Az Ordog）後便獲得了偉大的令
名。以後發表的《醫生》、《被告辯護人》、《盛宴》、《李良》等都是
有價值的戲劇。

　　梅麗是匈牙利當地文壇值得注意的一個女作家。她在初年時不喜歡讀
書，只知道跳舞。她不歡迎外國作家，對於本國作家如拉茲古、莫爾納等
輩都很愛好。所以，因為修養的關係，她一直到三十歲時才開始創作，直
到現在，已經寫上七十多個短篇了。她只是鬱鬱不樂的女子，對於政治沒
有興趣。在她的全部作品中，一九二四年出版的《向上》（Felfele）是被
她的朋友們認為是有魄力的小說。而同時，因為她描寫到任狂風之夜掃滅
了美好收成的地母所感受的災難和它的偉大的掙扎，把地母當作中心，直
使當時壓迫農人的地主也覺悟為很多。

　　與女小說家梅麗同以描寫為匈牙利農業國由一切的情景的，李曼毅也
是有名的。因為匈牙利是一農業為主，而關於接近大自然，及與大自然鬥
爭的機會也眾多的緣故，文學家常常免不了要把這些故事作為題材，常常
在字裡行間浮漾著泥土的清香氣。李曼毅便是這方面最擅長的作家。雖然
在他去年所出的《黎明會要到來麼》（Lesz E. Regge）僅是寫一個厭倦人
生而組織了一個巨大的自殺俱樂部來作的毀滅殘生的機關，但是，在寫生
之欲望所克服復失意以死的結果上，他對於黎明並未完全失望，而相信總
會到來的。

另外，與李曼毅同時出版的還有徐奈海的《逃兵》（A Szok-oveny）和卡沙克的《梅麗迦唱罷》（Marika, Euekeljl）是，描寫一個鄉村女子到城裡來，在殘酷的社會中失節的故事，她的悲劇是生於她的無知，她時常等待著偉大的精神的復活，然而結果使她也覺悟到了是不可勉強的。逃兵是匈牙利當代文學中最有天才的作家，雖然主人公是個懦弱之徒，但作者卻代表著同情。書中的本事極為廣博，關於革命，反革命，熱愛，決鬥，戰場，乃至赤色黨員的活動都寫進去了。

　　拉茲古本來不是匈牙利文壇上的人物，他不過是一位由歐戰前線歸來的軍官罷了。但是他把自己實際體驗到的戰爭所給予的一切恐怖和事實寫成了《戰中人》（Men in War）在猝然地試筆中便獲得了國際的聲譽，立刻被譯成了好幾種的文字。在國際上把他與法國巴比塞的非戰作品《火線下》（Under Fire）比衡。雖然《戰中人》只是六個短片篇，比《火線下》幾乎要少五倍，但在感動人的力量上卻並不比《火線下》銳減。羅曼羅蘭認為《戰中人》與《火線下》的主點上相異的地方說：「在《火線下》中，人類是帝國主義罪惡的告發者，而在《戰中人》人類是見證者，證明帝國主義者是劊子手。」這樣，便可以慨見《戰中人》的偉大了。在《戰中人》後他還作了《和平的審判》（The Judgment of peace），是描寫主人公因為戰爭給予的刺激而偏於悲觀而自殺，以後便沒有著作問世，似乎他的《戰中人》便是一部絕筆作品似的。

　　馬克維茲也與拉茲古一般的，從前也不是文壇上的人物。拉茲古的《戰中人》是歐戰的實錄，而馬克維茲的《西比利亞的戍地》（Sziberisi Garnizon）（注）是他在一九一五年的歐戰期中被俄羅斯俘虜到西比利亞的真實記錄，兩個都是軍官出身，他們的兩部試筆都同樣的享著盛名。馬克維茲在這本書中描出他在西比利亞各處獄中六年的禁錮，性的苦悶、西伯利亞少女的春歌，深夜馬蹄的嗒嗒，黃昏喇叭的哀怨和侮辱，饑寒等都使他驚人的天才寫出了，他並不是直接的把炸彈，鐵甲車，毒氣炮一類的東西來控制著讀者的感情，而他的特點是在刻畫出戰爭本身和時代精神，使讀者不得不被他的聖潔和悲哀所抓著。所以匈牙利的文學雜誌《我

們的世紀》（Szazadunls）批評這書是全世界人人必讀的東西，西方雜誌（Nyngat）認寫這本書的優美和動人處是頁頁的加緊抓著讀者。而且不是一本報告或新聞，而是一本獨創的巨著，並不是虛譽的。

（注）拉茲古《戰中人》一書之梗概，另詳本刊之《雷馬克與戰爭文學》一文中，今從略。本期並有林疑今的《一個英雄的死》，可參看。《西伯利亞戍地》有林疑今譯本，文學忠實流利，由上海神州國光社出版，可參看。

二

在一九三〇年上半期的匈牙利文學是流行著偏於精神的，和個人禍福描寫的一方面，卡沙克的梅麗迦是個人禍福精神方面描寫的例證。但是在一九三〇年下半期和今年的開始呢，匈牙利文壇上便呈著了不同的趨勢。

所以，最近的匈牙利文學已經選擇了「社會問題」當做他們的題材。愛情與個人幸運的禍福已經在宇宙的廣博的力量底偉大戲劇上轉移了舞臺冗角的扮演。時間與地點已經密接著去配置那在大戰後底社會洪流中所扮演過的四種廣袤的原理。這是一個文學的愛因斯坦主義，專心對於在物理的世界中新得的規律心智的範圍上的努力。在個人生命底細小斷片底分析的顯微鏡下擔當著重大的世界問題。這種趨勢，在一九三〇年的上半期便已在流行，不過沒有來盛行罷了。因為匈牙利的作家們並不是全然在為娛樂而寫作，而讀者也喜歡諷刺，喜歡在作者所創造的人物裡通去認識他們自己的姿態，所以，匈牙利文學便常常成為主觀的，分析的了。

最近有兩本小說在題材上顯著別異，而在觀點上卻是一樣的主旨：這兩書深切地例證了在匈牙利文學上真實思想底力量。波西亞（Bela M. Pogany）是《從塵裡起來》（Fel A Parbol）的作者，巴羅夫（Goboi Gesztesi BaLogn）是《洪水》（ka-taklizma）的作者，擔任著天文學家觀察別個星座別異分析的態度。在這種世界中，神經病者不能找尋他們的地

位了，這兩部分小說底英雄對於龐大的狂風雨犧牲了，在世界大戰的行動中，在一種舊文化上還帶走進了一種大破壞。

在亞當（Dezso Adaon）的《群山中的村子》（Falu a Hehyek Kozott）在貝克斯（Imre Berkes）的《泥巢》（Sarfizek）兩書中顯示著他們同一的目標。兩書都是對於村莊生活刻骨的描寫，一個的背景是匈牙利平原，另一個是在斯洛伐克的群山中。在這些小說中，在一種小天地的形式中表現大天地的事實又回復了。那天在兩個教堂的鐘聲中扮演的悲劇是一切人類的悲劇，並不只是一隅一地的。

亞當的《群山中的村子》或許要算是兩書中更好的一部，雖然作者是年青而在技巧上也少經驗，但實地上卻不能否認的。他的《匈牙利人的伯比特》（注）不是一個順利的木偶，只是一個沈悶而不可避免地精神病者喪失在無底的，他沒有意念到深淵中；工作，吃，戀愛，沒有昇華的力量，沒有文化的鉗制。這些農人們或許把他們自己向一種無感情的獸慾主義降服了，或者把他們的頭反抗著他們的愚盲底鐵欄，因為那鐵欄把他們在他們的無保護的靈魂底牢獄內禁錮著。

斯沙里（Joaszlo Szalay）的《卜斯達之歌》（A Puszta Ball-abaja）是一部反映出追逐著那好像身旁的羅漫斯底虛幻的人們的陰影。這種追逐引導著他走入了好像她自己的別的陰影底世界，那陰影悲傷著過去，因為它不是現在，也絕不是未來，匈牙利人的「卜斯達」是在匈牙利腹心由廣大的平原由，在那兒可以尋出世界上已經喪失了的羅漫斯的餘燼；因為在機械發達的時代，汽車道乃至一切的機械都已逐漸的征服著它，土地那種殘敗的表面上可以考驗舊日匈牙利民間的羅漫斯。

斯沙卜（Enio Szep）是迷戀人的匈牙利文學上的偉大的詩人，他的《霍托巴吉》（Hortobagy）是因一種感應的贈言而作的。斯沙卜步跡於把西方變成接近東方的中歐洲的道路，對於失掉計算人們命運和平民階級精神的搖盪是有一種同情。在這樣迷戀人的匈牙利的世界中，預言家便成了滅絕時代的紀念物了。奈格里（Imer Nyigri）的《在凌辱中的使徒們》（Me-gsouflt Apostolok）便是在滅絕的時代中一種預言家殘留的紀念物。

在這書中他給讀者描出了到苦難之路等待著新時代的預言家的一幅精細入神的圖畫。奈格里問著，為什麼人要苦痛呢？是不人們要壓伏他呢？因為他要拯救他入從他自己的痛苦中解放出來。在這書中包含著幾篇小說，有些是他的代表作，而全書中都是由憤怒而燃燒著對於將來的憧憬，在當代匈牙利文學中，這樣的作品算是別致的。

　　現代匈牙利文學在內容方面是注意於社會問題的分析，對於個人幸運的禍福、戀愛、精神等方面不是如從前一樣的流行，這樣思潮是伴著匈牙利農業崩潰而走向工業建設而興起的，雖然在實質上沒有如何的成就，假如再持之以恆，一定將來是可以成為匈牙利文學的主潮。

1932.2.12

（編者注：原文刊載於《現代文學評論》第一期1931年出版）

魯迅諷刺徐志摩

　　魯迅是主張直譯的，所以對於他的譯品，有許多人看不懂，這種困難曾經有人問過他，請他改一改。但他對那人說：「假如你看不懂，你最好一天看一句吧！」

　　據說有一個窮青年因為生活沒有辦法，寫信給魯迅，請替他找一條出路，魯迅回信說：「在現社會的環境中，你最好先去做強盜吧！」

　　據北方友人云：孫伏園在編北京《晨報》副刊時，曾約魯迅作文以光篇幅。魯迅在敦促下，曾作打油詩〈我的失戀〉一首交去，付排時，為研究系之經理老闆瞥見，認為此詩是想諷刺徐志摩而作，堅決不登，孫伏園因強扭不過，憤而辭職，《語絲》即由是產生。因徐志摩當時正在追逐林長民之女兒林×音未成。該詩後經陳西瀅見後，也認為是為諷刺徐志摩。後魯迅曾在北京大學對學生說：「像我們這樣有鬍子的老頭子，連失戀都不許我失了！」

　　（注：原載《文人趣事》，楊昌溪編，上海良友圖書公司一九三二年二月十二日初版，現據上海良友圖書公司一九三三年九月十五日再版收入。）

電影明星希佛萊之婦人論

我並不是一個研究婦人的人，並不願意有人要我談到婦人：因為我對於伊們瞭解得太少了。我並不把我全人生特別用於去研究婦人，瞭解婦人，我有別的事要研究和觀察。因此，我並不願以我的人生用去觀察戀愛性。

我並不要作一個范倫鐵落（Valantino）我不需要做我的性之敘述。我要對一切的人敘述，宛如我在巴黎和此地做的一樣。我要對一切的人談話，歌唱，我要做讓他們喜歡而可以由我瞭解的一切。那並不是單獨的對於婦人，而是對於老人和少年，孩子和姑娘，少婦和老嫗。並不因為我有性的敘述，僅為了我是穆里希佛萊（Mariuice Chevalier）。

婦人在我的人生中並不是一種計畫，在我的世界中有許多的脾氣，許多脾氣是別人沒有的。

戀愛對於男女都是同樣的重要，這世界上真實的愛人是那使男人或女人成為完全的情人的人。我不與任何婦人結婚，我不相信我能快樂，我也不相信任何婦人可以快樂。所以我對於法國或美國的婦人都很淡漠，因為我並不願從他們中得著什麼。

（編者注：原文刊載於《紅葉週刊》1930年出版）

夫藍克的兩性描寫

　　德國青年作家夫藍克（Leonha, rcd Frank）是近代作家中善於兩性描寫的，他的《卡爾與安娜》（Carl and Anna）很能受讀者迷惘於作者所創造戀愛故事的氛圍裡，更因著鳥發公司由《卡爾與安娜》改製的影片《靈肉的衝突》出演後，夫藍克已經成為兩性描寫的能手了。

　　在《卡爾與安娜》後，他又創作了悲慘的戀愛小說《兄妹》（Brother and Siser），在這本書中，他比較在《卡爾與安娜》中更作了較大的冒險，而在藝術上也顯著進步。

　　正如題目所顯示的康士坦丁（Constantine）與麗黛雅（Lydia）是兩兄妹，父親是日爾曼美利堅人，母親是俄羅斯人，在康士坦丁八歲，麗黛雅三歲時便離婚了。妹妹麗黛雅伴著母親去了，把名字改成了麗絲柯夫（Leskov）；哥哥在父親死後螟蛉於他人而改名為柏藍特（Brant）。直到他們二十六歲與二十一歲，忽的在柏林遇著了，彼此迷戀於美麗，以致不能分開，以致由戀愛而結婚。當他們在倫教結婚而同去拜晤他們的母親時，母親知道女婿是自己的兒子時，給予了他們以很多的苦難。雖然在母親死時，使他們得著一點舒適，但已經是一幕悲慘的戀愛劇了。

　　夫藍克以前雖曾作過戀愛小說，但是批評家覺得這一部是比較的成功，在人物與本事的處置上都是可欽佩的。

（編者注：原文刊載於《紅葉週刊》1930年出版）

樊迪文夫人談婦女解放及兒童保護
（殘章）

　　去年，第二國際領袖，前比利時外相樊迪文博士攜夫人來華講學，在京滬兩地均受歡迎。後由滬來粵，樊夫人曾在廣東女界聯合會歡迎席上講演婦女解放問題，在女子師範學校講演怎樣保護兒童問題，均深得女界讚賞。樊夫人在比國主持婦女運動具有深長的歷史，同時對於世界婦女運動也有很大的努力。其言論是值得中國婦女注意的。今將她當日所講關於婦女解放及兒童保護問題底梗概如實寫出以告讀者。

＊　　＊　　＊

　　樊夫人說她自己只願在她底可能範圍內談論她所曾經努力過的婦女解放問題，她不願如那一般妄事鼓簧的婦女運動者的高談一切不合婦女實際生活的理論，所以，對於婦女解放運動，她是主張在實際中尋找理論，她覺得實際的工作勝過一切的宣言。

　　她說她這次來華，曾經到過幾處地方，關於中國婦女的情形，已調查了不少；中國本來是開化最早的國家，有很悠久的歷史，而對於婦女運動的工作，差不多在過去幾千年的歷程中是聞所未聞，被壓迫的婦女沒有超拔的可能。一直到了近十餘年來，因著世界潮流的激蕩，婦女解放才開始萌芽，而被壓迫到極點的婦女才獲得了一線曙光。這點曙光是值得保重的。

　　但是，中國的婦女運動剛在一線曙光中開拓著道路，在這種開始的當兒，婦女們應該認清怎樣去解放，解放到那一步田地。雖然我不能在匆忙

的時間內詳細的論到中國婦女們該怎樣去謀解放，但是，下面的幾點是值得注意的。

第一點是男女平等自由，當然是婦女解放成功的終點，但是在未達到終點的當兒，我們就應該堅策自由底真諦是什麼呢，便是在個人底範圍內自由，在自由底範圍內活動。

第二點是關於結婚問題。男女結婚本來是很天然的，不過我們女子首先要打破僅僅為了求生之快樂而結婚的觀念，因為這樣的結婚是無意識的；等到這種觀念消滅或至減淡時便把結婚也同樣的斷送了。因為男女間只有感情的結合才可以得到正當的安慰，若結婚只為了求生之快樂，那便失掉結婚的意義了。

第三點是婦女要謀經濟的獨立，經濟不獨立，那麼，我們所要求的自由便會因著經濟的不獨立而斷送了。尤其是在中國的環境內，經濟是在農業經濟和※※工業經濟過渡的時代，婦女要在過渡期間獲得經濟的獨立是目前婦女運動者急應注意的一個大問題。

以上的三點是中國婦女解放運動目前巨大大問題，要解決婦女的解放問題，應當先解決這三個問題。不然，你便拼命去要求婦女參政和在法律上的完全平等和自由，那也會像我們比利時一樣雖然經過了婦女運動者幾十年的努力，然而還不曾獲得真正的男女地位平等，就連選舉權也還不曾得到呢。

＊　　＊　　＊

至於保護兒童的問題，她說在表觀上似乎很難，但實地做去也很容易。所謂怎樣保護兒童，即是怎樣保護兒童生命的安全之謂。這種保護法，普通的家庭都能知道它底重要，並應該怎樣去實現。這個問題中的，如兒童飲食之調攝，寒暖之保護，皆在應該怎樣保護之列。可是這些應當保護的問題在普通家庭方面，大都還不能做到。進而言之，即是社會尚不能有良善保護兒童的方法，我們個人有何權力去保護兒童呢？本來這保護

兒童底權力，不是社會叫我們有的，是兒童叫我們有的。當兒童出生之後，他便有權力叫我保護他安眠，保護他食乳；及長，他便有權力要我們保護他各種生活的活動。如此說來，兒童這樣有權力要我們保護他，他應該有很滿足的安眠，有很清新的空氣和很光明的地方去遊戲，可是現在社會兒童所得的保護結果，卻適得其反。

兒童要人保護的權力，完全被社會剝奪了。歐洲保護兒童的情形暫且不說，只就廣州而論，便知社會對於保護兒童是如何漠視之一般了。我們走到廣州街上，隨時隨地都見到大幫食乳期的小孩子，在那很骯髒的地方玩耍，放那很齷齪的食品在口中吃；他周身都染滿灰塵泥土，大空和地面的微生蟲都要侵入他們底身體。你看，這些天真的孩子，這些在食乳期的孩子，他的父母應當把他置在空氣新潔陽光充足的地方去保養才是；可是這些兒童的生活恰和這相反。以一個抵抗機能微小的孩子，讓他在塵囂中街市中生活著，他的生命是有很多危險的。廣州如此，他處不問可知了。所以近日兒童之死亡率特別的增高，便是這種原因所致。所謂死亡率，怎樣解釋呢？即如一年又一千個男子，內中有三十個男子死亡，這個比例率，可以說是一千分之三十，或者百分之三。比如一千個孩子，有二百個孩子死亡，這比例率可以說是百分之二十。即是把生的幾分之幾，死的幾分之幾，兩相比較便得著死亡率。

我們既明白上面的死亡率，那麼我們知道兒童保護法的重要了。大凡一個有錢的富人養出來的孩子在生活上應有之設備資料及衛生方法比窮人良善得多；所以把富人和窮人兒童之死亡率來比較，一定相差很遠了。

何以在窮人家裡生出的兒童死亡率特別高呢？這個原因可以分兩點來說：第一點即兒童未出生以前；第二點即兒童出生以後。在貧苦的家庭的產婦，為著生活的忙迫，即到臨盆時都要出外做工。使她們底身體得不著適當的休息。工作回來，又無舒適地方安睡，小孩在母體之內也同樣的受著痛苦；這樣不良的母體的產婦生出來的孩子，一定是一個先天不足的孩子，而這生下來先天不足的孩子因為他父母是一個貧苦的人，他也就同樣受著各種非人道的痛苦；這孩子不是病的孩子，定是孱弱的孩子。有這兩

種原因，所以近日兒童之死亡率便特別的增高了。據我所知道的一千個小孩子之中，要死五百個。這種死亡率，聽來是很足驚人的，其實還不算驚人，我以為這個半數的死亡率是普通的觀察。而貧苦人家的小孩子恐怕一百個之中要死八十個哩。這種兒童死亡率特別增高的情形，如果是有理性有人道的人，都覺得非常可憐，並且應該救護的。因此，我們今天所講的要點即在此，請各位加以注意，假如各位將兒童死亡率特別增高的原因，去問問各位的父母及各位的祖父母，那他們給你們的答覆，一定說這是小孩命內註定的，神喜歡他就生長成人，神不喜歡他就讓他去了。試問這個答覆能否滿足你們求知的希望呢？不能！一定不能！因為在研究這個問題之時，要認定貧富兒童死亡率之差別，除了窮的原因以外，還有第二個原因。這第二個原因，即是非特無錢不能養得好孩子，即使有錢也不能多養出好孩子。除錢之外，尚有一最重要的要素，這要素便是保護兒童底知識和技能。

　　諸君今日是師範的學生，將來都要生小孩子的。假如人們問你將來對你的小孩子如何去保護，你們如何答覆他呢？這恐怕不是容易答覆的。據我研究的結果，兒童死亡率之增高，雖是缺乏保護兒童所需底金錢能力，然歸結說來，還是缺乏怎樣保護兒童底知識和技術所致。因為無錢是社會的環境造成，──即是社會方面的問題──無技識乃是負責保護兒童之父母的個人問題。我以為師範學生不僅要具教化兒童底知識，同時並要具有保護兒童底知識。這知識分兩點來講，第一點，是關於兒童保養兒童衛生之種種辦法。第二點，是關於保護兒童之衛生知識向各人家中基生養兒童之婦女指導宣傳，使婦女們知道一個趨吉避凶的適當保護法。關於第二個方法，在貧苦沒有設備保姆醫院的地方，雇一個醫生，專司該地兒童衛生底巡視及診治工作，並指導為父母的保護兒童工作。不過實現這個方法，是要社會方面共負責任的，你們應當竭盡全力，居於提倡地位。

　　除此以外，你們還有應當做的，即你們個人對任何兒童底生活，要存有保護心；同時並要訓練兒童自己保護自己，自己能衛生自己，使兒童在

小時養成一種保生的習慣。這種保護法，假如能夠實行，一定要好過第一第二個保護法了。

　　不過話雖如此，只是怎樣實現這些保護方法呢？那兒童的母親一定會向你說到「錢」的問題了。因為這樣，我們還要進一步做更大的工作。這更大的工作便是將你底知識能力以致全國知識界婦女底能力去要求政府立法確定產婦保護法。──即產婦於產期前後的休

（後面部分殘缺）

（注：原刊於《婦女雜誌》第十七卷第二期1920年出版）

哥爾德論

──美國的高爾基──

哥爾德（Miclaer Gold）是美國現存的青年無產文學家，他的《120 Milliens》已經譯成了中文。在新興的作家中，他是最活躍而最接近民眾的一個；大家都認為他是一個真實的，活躍的無產作家。「無論在小說、戲劇、詩歌，在《新群眾》（New Mosses）上寫的評論等都是真實的，無傷於自我表現，雖然不全然是自我的批判和表現，但對於讀者具有一種神秘的，壓迫的力量。他是一個人性的作家，而他自身的經歷和理想透入了他所描寫本事和主人公。他是一個平民的作家，不是在近代的腐化的意識內活動；因為他所寫的是說話，有時是他自己的語言，有時是每個民眾的語言，而且常常是口說的活肖人生的說話。」這是里非（Melvin P・Levy）在《新國民雜誌》上批評他的一段貼真的話。這些特質和事實，特別在他的近作《無錢的猶太人》（Jews Without Money）上逼真的表出。

他在自敘傳上告訴我們他是生在紐約的東邊區（East Side）的陋巷內，那條街有二十多家酒館和妓院。那裡是紅燈區域，猶太人民不能不在那兒伴著污穢的肉體和道德生活著。他的父親是一個沉湎於歌酒，庸碌的，苟安的羅馬尼亞猶太人，母親是一個匈牙利移民，在未同父親結婚前曾在有錢的猶太人家裡作過工。由此，我們可以知道他自己本身也是猶太人，而且自小便在猶太人卑污的區域內長成。所以他在《無錢的猶太人》內所描寫的，便完全是他自己在那可怕的，擁擠的，卑污的，非人的，地獄般的，饑餓的東邊區猶太人居留的陋巷中的兒童生活的回憶錄。所有的娼妓是周遭的人，由開用褲袋店失敗而致由房屋畫匠而跛而墮落，和自信

很強的母親等等都是作者兒時的一切經歷之再現。

在《無錢的猶太人》中的人物完全是習俗的，完全是出自風俗所培成的一個真實裡。並不如其它作家所描寫的是虛構的人物，而他所描寫的幾乎全部使人信服。他們飲酒。吃，笑，死亡，或者自然的被殺，沒有一種向上的期望。然而，這是在那貧民區內培成的流落者的人生整個的範疇，而他一個個的在他自己的生活中死活。只有一個在書中稱為「我的母親」（My mother）的而具有一個過度而無理的完整的相信的婦人是例外，其它的人物都是很庸碌而坦白的。在那些人物中，包含第一人稱的我；為生活壓迫以賣淫為一種工廠女工的職業的而被盲目的孩子和無意識的猶太人擠殘著娼妓；誇大而無能為的父親；與同稱為尼格（Nigger）的孩子。

但是書中所描寫的不能完全的視為作者自身的一切。不能從純藝術，或純藝術家的方面去批評他。我們從此更加的認識作者的意識和無意識的偏重：主義和目的，與社會的範疇。在哥爾德自身已經給出了偏重的指示，再三的在他的主義和目的上加以敘述。他是一個善於利用小說和戲劇宣傳他的主義的作家。不過美國《紐約時報》上曾經有人在這書出版後評論道：

「在他過去所發表的短篇詩歌，和長篇的《120 Milliens》中所表示的，顯見作者處處都在尋找把他偏重主義宣佈出來的熱念。他是一個激烈的追隨者，無論在社會事業或文學團體中，他都不曾放下他的主義。他曾經與新時代的《群眾雜誌》發生了聯絡，參加過革命的約翰李俱樂部（Johan Reed Chab），普洛文斯坦劇團（Frcvincet wn Plays, Group）和新戲劇家（Ncw Flaywrights）之群。他是一個共產主義者，那便是使他克制了他的技巧來表現一個革命的目的，使藝術的技巧同時的與革命的力量滲和著。這些形象在他的一切工作中現示著，不能夠把這兩者分開而去批評任何一點。這些形象被他使用來描寫群眾，在他們的時代為環境所把捉的全階級的人，特別是在經濟環境下輾轉的人們。但是一切的努力在《無錢的猶太人》一書是不曾得著全部的成功。書中的人物不是普羅列塔利亞，雖然作者極力在筆鋒下要使他們如此，但他們只是純粹的可憐蟲

（Merely Poor People）而已。他們的失敗和企望並非是不得已；他們僅是個人的不幸的例外罷了。稱為「我的父親「（My father）的變成了一個房子的畫匠，他從房上跌跛了，逼得他更見的墮落的，也由貧發出。但是假如他的侄子克雷非茲（SanK rivitz）不變成了一個騙子，他可當弗褲店一半的所有者。因此，在產業破滅時，以販賣香蕉消磨他的殘生：假如他不從戲臺上跌墜時，他可付償郊外屋子的欠帳由東邊區進而為自治區的公民（burgher）他也不是一個純然的畫家，僅僅是由此產生了跛足，由跛足而致斷送一切而已。但是哥爾德自有他的偉大和成功？我不過由人物上來批判罷了。他在美國的所謂「激烈文學」（radicnl liter tu e）中也經是很有權威的人，在他的權威下有了千萬人的信仰，他的聲名不亞於巴比塞之在法國，高爾基之在蘇俄，在實質上講，他已經是美國的高爾基了。在他這書的本事是取材於東邊區而常稱為激烈的工人中猶太人的故事，雖然不曾寫到罷工，和一切的勞動組織，但他寫得卻是那貧民窟的逼真話。他是我們美國當今一個歷史上的重要的作家，從他的作品可以深澈我們這時代的全型，個人與群眾間的爭鬥的勝利是在字裡行間明白的活躍著。」

這個批評雖然是免不了帶著布爾喬亞的顏色鏡來諄諄的在人物的身分上批評，把普羅列塔利亞與貧民劃分，但對於哥爾德的表揚卻是忠實的把他刻畫出了。

委實的，哥爾德是一個美國左翼文學家和藝術家之群的一個實行家，他於今正努力奮進的從事於工人文學方面的建設，在猶太工人劇場中更可以看出他為普羅列塔利亞解放的熱忱，和普羅文化宣傳的熱烈。因此，在全美國的左翼作家，戲劇家，雕刻家，跳舞家，藝術家之群集合的旗幟約翰李特俱樂部的社員們都於哥爾德分途的活動著。此刻巴色（Em Jo Basshe）在猶太民族的工人劇場作導演；色技爾（Edi h Shgel）正忙碌於專為列寧紀念訓練著工人跳舞；希克生（Harolcd Hickeson）正在努力教授合作部內音樂學校的百多個學生：格洛披（Gropper）和洛若威克（I.ozowick）克林（Klein）等新群眾的社員們在從事於有力的近代筆寫美術的傳習。而且在去年十一月舉行的赤色藝術夜會中所表現左翼作家們

的活動，日本無產作家的演劇，蘇俄的影戲等成績來觀察，哥爾德和他的群隊是如何活躍，他們的工作是如何深切的投入民眾的隊伍中呵！

而且哥爾德認為自己的工作應該從實地去體驗和實行，並不是唱高調的時髦裝飾品。所以關於將來的工作方面他曾如此的提議：

「為矯正單是用頭腦去體驗，每一個作家必定要屬於一種工業。要投入那種工業許多時日，從各方面去體驗和研究，使自己成為一個關於那種工業的專家。」因此，當他描寫那工業所包容或連帶的一切時是一個內行的逼真的事實而不是如布而喬亞們憑著頭腦所幻想出的一種隔靴搔癢的考查。

作家可以在罷工或有什麼運動的時候作公開的活動，那樣他才有由事實而培養成專家的力量的來源，我們要接近現實，決不要像費邊主義者的作家們僅僅根據於他們所讀的書來作為寫論文寫作品的材料。

要每個作家澈底的對於一種工業有專門的知識和經驗是在事實上可能的，生活愈豐富的人，在作品中也覺得更豐富。而且這樣的人也可成為作家。羅色克（Ma rtir Russak）在織物工業中有同樣的背景，而是一個優秀的作家。留委士（H.Lewis）是一個對中西部貧農問題很熟悉的農夫。加勒（Jee Ka'ar）是多年的木材工人。法而柯斯基（Falkowski）從生便是生在礦夫家庭中的一個礦夫，和其餘的幾個人都同樣的能寫。如果所有的這些作家們都全然的明白了他們自己在這時代中的唯一使命，那嗎，在最近的將來，我們也許可以把《新群眾》雜誌放在一個工業的實在基礎上。我們把撰稿編輯部改成工業通信員編輯部，只在用詩和散文戲曲諷刺文的形式求報告美國工業上所發生的事。這樣雜誌才能有作用，給讀者一點實在的東西去咀嚼；同時也可以使作家把他們的精力塞在一個經驗的急湍的活流中，使他們在任何工業上去找尋那無量畫材和題材的供給。

但這計畫假如能實行之後，實在可以開文學史上的新紀元。這不僅僅是對於法國自然派左拉模彷，他只是一個遊歷者，先驅者。我們要踏實的進一層，成為工業生活的一部分，從實生活中作工人的喉舌。

被人稱為巴比塞高爾基的哥爾德而今正偏重工人文化的開始，他的努力的深入實生活，是比辛克萊更勇猛，比費邊主義者蕭伯納之群更偉大。而且在事實上他幾乎取得了超過辛克萊地位的聲譽和信念，與那工人們崇拜的高爾基遙遙相應，在資本主義氣焰高張的美國為普羅列塔利亞文學開放著璀璨的花朵。假如他永遠的保持既成的陣線，非惟是美國的高爾基，而且是比較蘇俄的高爾基更能在實生活中成其為偉大呢。

（編者注：原文刊載於《現代文學》第1期1930年出版）

黑人文學

黑人的詩歌

（上）

　　美國的尼格羅（Negro）人是世界上最被壓迫的民族，在過去的百餘年間非惟他們的祖國亞非利加洲被帝國主義者分割，而且幾乎全民族都成了一種主人所有的奴隸。雖然他們在白種人的淫威下轉側，但為了智識缺乏的關係，他們只得順服地為主人的淫威而日夜勞苦工作；他們感覺到白人是上帝生出來壓迫他們的特權階級；他們認定自己的痛苦是命運的驅使；因此在悠長的奴隸制中沒有團集的反抗和控訴。

　　但是人類終是有智慧和感情的動物，對於一切所給予的刺激，也自然地發生一種反應。黑人在奴隸制度下還有他獨特的感情存在，因此，在一定的時期內他們的感應也會強烈地發出。雖然林肯在形式上給了黑奴們以偉大的自由，雖然在美國白人統治的教育下，有許多黑人已成了順民，但大多數的黑人仍要為工錢而做奴隸，而受痛苦。所以，尼格羅工人的痛苦比未解放前並不會如何地減輕。只有虐待的事是一年比一年減少罷了。

　　在這全世界被壓迫的民族都在亟謀解放的時代，在奴隸制下脫逃出來而曾匍匐在苦力下的尼格羅工人的痛苦自然是比白人強烈的多了。所以，在他們的勞動歌中已經很尖銳地表現著他們的反抗，和那民族出發的革命。

　　在過去一些年代中，黑奴們的民族意識早在奴隸生活中消磨盡了。更兼以美國人利用基督教來麻醉他們，所以，當他們在人間獲得了無上的痛苦，而沒有安慰和解放時，他們不得不皈依在神的迷信上，不得不祈禱著

早日脫離人間一切的桎梏和痛苦而希望飛升到理想的天堂。在工作時他們
在歌中幻想著天堂而想忘去當前的痛苦。便這樣幻想地唱著：

> 我要去到天堂，
> 坐在天使的坐上；
> 我要去到天堂，
> 吃那天使吃得珍嘗。

> 當我去到天堂，
> 得了安適舒暢；
> 我同我的上帝，
> 可以隨心欲望。

　　其實他們並不是真實地信仰上帝，這種基督教的麻醉劑是美國人利用
來緩和他們的反抗心，而實際呢，在尼格羅人的心理中，宗教也不過是一
種幻想，目的是想擺脫苦工的枷鎖和空腹睡著的危險；因為在世界上他們
得不到自由，他們沒有安適的可能，唯一的不致餓死的妙計，便是拼命
地工作。所以在一切對於人和神的皈依都失掉了信仰之後，只有如此地
唱著：

> 這是我長長地幹著這勾當的原因，
> 呵！這是我長長地幹著這勾當的原因，
> 呵！上帝！這是我長長地幹著這勾當的原因，
> ──為著熱的火雞和強烈的咖啡。
> 熱的火雞和強烈的咖啡，
> 是呀！上帝！熱的火雞和強烈的咖啡，
> 呵上帝！這便是我長長地幹著這勾當的原因。

而他們實際卻知道痛苦沒有止息，生活的壓迫愈加強烈；對於神的皈依不過是在教堂內牧師說教時墜入夢幻中剎那的慰藉，一出了教堂便又回復了醜惡的世界。所以，尼格羅人近來對宗教已失掉了信仰，早日以作牧師和傳道為生的黑人，近年來已逐漸地減少，每五百三十四人中只有一個了，學校中研究神學和求神學學位及入教會的人均比較逐年地減少了。這雖然不完全是他們自覺的表現，但神的虛幻對他們的壓迫，沒有解放的可能性是在每個黑人的心中為著白人的壓迫而體驗到了。所以他們在工作時如此地唱道：

　　　　我對我的監工說：
　　　　我的雙腳冰冷。
　　　　「上帝懲罰你的腳，
　　　　快把車輪轉動。」
　　　　監工，監工，老班思不拖了
　　　　「上帝懲罰他的靈魂，
　　　　把駕軛放在牛的頸項上。」
　　　　監工，監工，軌道變濕了。
　　　　「把她向右開，
　　　　黑孩子，等到夕陽落下時。」
　　　　監工，監工，你能不能說，
　　　　軌道是像地獄一樣的悲慘而冷絕！

　　雖然他們這樣的吟詠著主人的壓迫。對於成天成日的在卑濕冷絕的軌道上搖著機器是地獄都不如，但終於還是為生活而勞苦；但是從白人的豪富生活與他們自己奴隸生活的兩兩相比中，才知白人和黑人的生活是有天淵的區別。因為：

　　　　太太住在高樓大廈中，

保姆住在後庭內，

太太握著伊的白手玩，

保姆拼命的工作不休。

主人們始終是騎馬，

黑奴們繞著他而工作不絕，

主人們在白天睡覺，

黑奴們在地底下挖掘。

　　這便是黑人由實生活中體驗到白人住宅的舒適，生活得優裕，出入的闊綽，把這些事實來與黑奴們所享受的一切生活相比較，很覺得黑人似乎應該永遠做苦工似的。然而他們卻只有在內心感到不平，卻未曾有怎樣反抗的思想。

　　黑奴的使用大半在南美的農業區域，在工業盛行的區域，黑人的使用是比較的少。雖然在解放後沒有形式上奴隸的名稱，但其痛苦也還是等於奴隸一樣的。而所有的操勞正如他們的歌中所示：

帶著裝鳥糞的角兒在工人群眾中工作，

我有生以來未曾幹過如此強烈的工作，

孩子，孩子，

片刻後我舞動著我的鋤頭，

我看見那領隊的尼格羅，

孩子，孩子，

把我揀起的鳥糞完全裝好，

決未曾為他事而停止，

甚至你病了，孩子，孩子。

白人穿著漿熨好的襯衫坐在蔭處，

上帝曾經生下最懶的人，

孩子，孩子。

　　這不得不由一切整日勞苦的工作對主人的舒適加以懷疑了，由一切實生活的體驗，他們覺得白種富人是上帝生下來的最懶惰的人，而他們是上帝生下來的永遠勞苦的奴隸。皈依虛幻的上帝是無補於實際，而且上帝為他們的清了白人和黑人的實證，使他們覺得上帝是不可信託皈依的了。

　　但是，雖然他們覺得：「尼格羅奴隸栽棉花，尼格羅奴隸摘棉花，白人們滿囊的錢，尼格羅沒有一絮。」純粹是血汗的剝削，非惟白人們只是剝奪他們的利益，而且他們最低的生活也不能用整日的苦上換來，但他們終究沒有出路，在感覺到：「從四點鐘起來工作到黑，我是個工錢的奴隸。上帝，沒有別的希望，只是一月十二次發薪的飽餐。」有時也有用「我們死掉，上帝，不再為主人的所有」的呼聲作為唯一的歸宿。所以在工作疲勞而欲死去時，雖然上帝是騙人的東西，但他們的苦楚在人間沒有安慰，只有希望：

可愛的車子搖搖的低下，

它是來帶我們回家，

可愛的車子搖搖的低下，

它是來帶我們回家。……

呵！可愛的車子搖搖的低下，

它是來帶我們回家。

憑我的能力我端詳了迦南，

在我的後面有一隊天使，

他們是來帶我回家。……

　　告訴我一切的朋友我是去了，

　　他們是來帶我回家。……

　　愚盲地夢想著迦南，把他們自己比作在埃及受難的以色列民族，夢想
著上帝已為他們黑奴揀選了肥沃的迦南來作為選民的居留地，但是終於還
是在勞苦絕倫的工作下輾轉，永遠地成為約翰亨利（John Henry）型的工
人約翰亨利使得工人是美國人讚美的工人型，他們常常把這個模範來號召
黑人，獎勵工人要把約翰亨利當作模範工人。在經過許多年代奴隸制壓迫
下陶溶出來的黑人，在沒有得著出路以前，在歌頌約翰亨利歌聲中，也
只有探尋著一點悲傷的調子。所以，在黑人的詩歌中，很有幾十首描寫
約翰亨利的故事；有些是短短的幾句。有些是長長的幾節；有些說他是
一個鐵路工人，有些說他是個打鋼鐵工人，但是他終於因工作而握著鐵錘
死掉的一點是各詩所共通的。約翰亨利使得順民，便由這樣的詩歌所養
成的：

　　約翰亨利某一天說：

　　「人終是一個人，

　　我要始終的隨著眾人工作，

　　我絕握著鐵錘死掉。」

　　約翰亨利對他的監工說：

　　「人終是一個人，

　　我要畫夜地工作，

　　我握著我的鐵錘死掉。」

　　約翰亨利上了山，

　　去把那蒸汽鑿孔器打下，

　　但是他太小了，

石頭太高，

安下他的錘時他便死掉。

在這樣的終於工作的死後，遺留下他的妻子和孩子，另一首中說：

約翰亨利是個打鋼鐵的工人，

他握著他的鐵錘死掉。

呵！孩子們，排在鐵軌上，

約翰亨利他永遠不再歸來了。

約翰亨利對他的監工說：

「監工，人終於是個人，

我要被懷恨我忠心的人擊打，

但我決定握著我的鐵錘死掉。」

約翰亨利有個孩子，

他把孩子抱在兩手中，

他向他說的最後一句是：

「我要你做我幹過打鋼鐵的工人。」

約翰亨利有個俏麗的女人，

她的名字叫做寶勒安娜。

她走下軌道沒有回顧，

為了要去看他碩大而美好的打鋼鐵的丈夫。

約翰亨利有個俏麗的女人，

她全身穿著紅色走去，

她向每日走下的軌道走去，

去到伊那鋼鐵工人死掉的場地。

更十足地表現出這個尼格羅工人沒有反抗的意識，雖然因為生活而死掉，但他們卻在生前自己晝夜操作的忠貞之外，在死後還期望他的兒子承繼他幹過的勾當，好像要把他在世上的奴隸生活中未完的忠貞籍他的兒子完成似的；雖然這種歌為每個尼格羅人歌頌，但他們僅是歌頌那約翰亨利型的工人，並不曾在歌中得著出路的啟發。

委實地，他們過去的許多年代是在美國人的淫威下養成了馴良的奴隸，在十九世紀時他們只覺得白人穿著漿好的襯衫坐在蔭處是上帝特別生就的懶人，並不曾有著革命的表現，但是近年來因為美國新興工人運動的勃起，尼格羅人已經有了職業組合。而且認為必須有一個獨立的國家來解決他們的一切，更加以黑人的知識分子的提倡，不但民族的覺醒已成了當前的急務，而且他們還在國際工作方面努力。

（下）

尼格羅人在解放後不過是自由人罷了，有大部分的人仍然不能從痛苦的生活中拔起。但是小部分的工人受了教育之後，便同他們的知識分子結成了一條陣線，強烈的喊著革命。但是，這一批人並不是已經改入美國籍和在社會上或經濟上有了優越地位的人，這一群人是看清了尼格羅民族的精神，是憧憬於大亞非利加洲中將有一個偉大的獨立民族建設的國家、所以他們讚美大亞非利加洲的偉大，他們歌頌自己的種族和家鄉，要把沉沒了的尼格羅全民族從深淵中拔起。

因此，這一批民族運動的人員和在詩歌中尖銳的作民族喚醒的作品，便是一種在思想上附飾著藝術的表現，並不是那們粗野的，萎靡的。沒出路的歌詞所可以比擬了的。

在那些民族運動的詩人中，我們可以舉出兼小說家墨克開（Ceaude Mckay）、亞歷山大（Lewis Aiexauder）、卡林（Couatee Culen）、都巴（Paul Laurence Dunhar）、卡洛惹士（James B. Corrothers）、柏耳（James Madleon Bell）、杜瑪（Jean Tomer）、休士（Langston Hughes）。

墨克開，一九八九年生於傑墨加（Jamaica），在一九一二年曾到美國什沙士大學研究兩年，一九二一年赴俄遊說哈倫的回歸（Home to Harlom），但是他卻以詩歌著名。最著名的要算是在一九二二年發表的《哈倫的蔭影》（Harlom Shadows）。在美國黑人詩中，他算是頂著名的，在他的詩中他們所要的是為民族而戰的勝利之死，並不是如被稱的獸群之死。

亞歷山大是於一九零零年生於美京華盛頓，曾經在哈佛大學，及彭色耳非尼亞大學讀書，他是戲子而變編劇家。他並不以詩見長，而且發表的詩也不多。

　　囉，我是黑，
　　但我也是個人，
　　我如夜之子黝黑，
　　我如深黯的洞窟般的漆黑，
　　我是一個奴隸種族的嫩枝，
　　他協助建立一個強壯的國家，
　　那你我可以在世上得著平等的待遇，
　　勇敢和強毅如那立在巨浪潮頭的人們，
　　高高的撐起一枝旗幟，
　　她的飄揚打倒一切人的反對。

雖然亞歷山大的詩很少，但《黑兄弟》（The dark brother）一詩卻是更比墨克開更強烈的為他自己的民族而狂吼了。

卡林於一九○三年生於紐約，他經過長時期的高等教育，他曾在紐約大學中獲得文學士學位，繼後又在哈佛大學獲得文學碩士學位。在幾乎成為黑人發表著作的《機會雜誌》（Opportunity）內，他曾經作過助理編輯，一直到現在，他還繼續的在法蘭西研究文學。從他的全部作品加以考查，他在詩方面是比較的成功。然而他大部的詩是歌頌黑人姑娘的美和印第安人姑娘的故事。

　　都巴於一八七二年生于美國阿海屋省之得登，曾畢業於當地的高等學校，在學校中便已從事校刊的編輯。他的詩集很多，在美國的尼格羅人中，算是他能在小說和詩歌方面都得著同樣的發達。

　　他在《伊沙阿披亞之歌》（Ode to Ethiopia）中歌頌他的種族伊沙阿披亞，態度是比好幾位詩人還熱烈。其餘的作品便是純藝術方面的居多，在民族自覺的啟發上沒有如何的表現。

　　卡洛惹士於一八六九年生於密雪根省，係西北大學生。他的詩在，《世紀雜誌》（Century Magzine）上發表的較多。在他的《在關閉的正義之門上》（At the ciosed gate of Justice）中認為做一個尼格羅人一切都算完結了，只有痛苦的忍耐，沒有正義可言，但是，他卻在一切失望後去問上帝：「嗚呼，上帝，我們竟造下了什麼罪？……」並不曾有著出路的啟示。

　　柏耳於一八六二年生於阿海屋省，他是一個實行工作的人，他是反奴隸運動中的一個領袖，在詩作中所有的英雄悲壯之氣是超過一切作家。在《自由的行程》（The progrors liberty）一詩中他把自由認為是各民族所應當要求的，尤其是在奴隸制中的尼格羅民族是必需爭取的珍寶。

　　杜瑪於一八九八年生於不列顛基拿，只曾在公立學校受過一時教育。在一度教師生活後，便決心從事於著作生活。在著作中它極力的把尼格羅民族在美國的生活寫出，對奴隸的同情是很強烈地呈現。

　　休士是現存的與墨克開同屬於激烈革命文學一派的詩人和小說家，他于一九零二年生於美國，在哥倫比亞大學經過一年的學生生活後便以一個水手的身分旅行歐洲與非洲，最近曾到中國來過。他的詩集出版了《疲倦的水手》（The Weary Biucs）與《猶太底美麗衣服》（Fine Clothes of Jew）《我，也是歌者亞美利亞》。

　　　　我，是個黑哥兒。
　　　　當朋友來時，
　　　　他們遣我到廚房裡去吃，

但是我笑，

而且好好的吃，

而且長得強壯了。

明天，當朋友來時，

我要坐在桌前，

於是，

沒有誰敢對我說：

「到廚房裡去吃。」

而且，

他們將看見我是怎樣的美麗，

一定使他們羞慚。

我，也是亞美利加。

我，也是亞美利加。

在休士的《我，也是》一詩中，可以看見白人對黑人的鄙視，大約為了白人對黑人的鄙視和壓迫，使他們不得不夢想「我，也是亞美利加」。

關於受過教育的黑人所寫的抒情詩，在抒情詩中展開了抒情詩未有的境界，所以歐美的人已由早日鄙視的心理一變而為尊仰了。所以《婀娜奴司包母》（Ann Nussbaum）就近搜集了亞非利加和亞美利加兩洲散佈的黑人的詩歌譯成了德文在澳地亞的維也納出版，從那從《亞非利加吟著了》（Africa Sings）的題名上，便可以證明在白人眼中的黑人民族已經開拓了新的時代。在那美麗的黑人詩集中，休士的《我，也是亞美利加》也被選入了。

休士除了《我，也是亞美利加》一詩外，還寫有《我是你的兒，白人》，在夾敘夾議的襯托中，淋漓盡致的把白人和黑人底生活描寫出來了。

　　在這一群詩人中，已經在詩歌裡呈現了那與十九世紀不同的作品他們已經感覺了需要一個獨立而自由的國家，在格飛（Markus Garvey）和波依士（M. Burghardtbu Bois）等所主持的有色人種國民改進協會（National Associ ation for the advancement of Colored people）中已經證明黑人是認識了他們所處的時代，認識了弱小民族要團結起來求生存和自由與獨立的權利和勢力的必要。不過，這一群大半是智識分子居多，還不曾從實際工作中去得到革命的實驗，僅是在詩歌中放出了民族覺醒的信號罷了。

　　他們這一群在帶有革命性的詩作而外，他們還有時間創造抒情詩，所以，在歐美一般讚美黑人文學作品的人都僅注目在他們的抒情詩，和寫景詩，其它的作品因為都是以民族主義立場的，所以在統治亞美利加的他們，對於作品中民族主義的歌頌和夢想的獨立國家，深恐在在他們的統治內實現。而同時黑人的讚美詩也是在黑人文學中特異的花朵，他們的作家常常樂意去些讚美詩，在以宗教為麻醉劑的白人看來，黑人最是上帝可愛的選民了。然而他們所夢想的迦南，上帝是永不曾為他們揀選；既是唯一的祖國亞非利加也已經為上帝特別生下的白人們宰割了。所以，他們從另一方面考察，從黑人對於宗教的虛偽接受來證明，所謂讚美詩不過一時的精神慰藉，在他們的製作中是另一種形式而已，所有的價值是與他們的民歌有著共通的觀點，無非是忘掉人間的一切痛苦。所以乃至美國，無產派的批評家加爾佛吞（V. F. Calverton）在他的《美國黑人文學選集》（Anthology of American Negro Literature）引言中也認為「黑人文學出發的觀點是民族的，而是為民族的自覺而創作為民族的痛苦而歌吟，並不是為藝術而藝術。而且黑人文學之興起，將來會著文學之成長而達到全民族的興起。」是更可以證實黑人對於將來的出路是必需要先作重於民族的自由和解放，並不是如那歌中顯示的：

　　　　我是個倪格兒，
　　　　好像黑夜那樣的黑，
　　　　好像我亞非利加林樾中那樣的黑，

我曾是個奴隸，

凱撒曾命我擦過樓梯，

我曾替華盛頓刷過鞋子。

我曾當過工匠，

在我手底生長了金字塔，

我曾為武爾瓦樓搗過灰漿。

一樣卑鄙地誇耀，而是要從作品中看出「新尼格羅（New Negro）底脈搏的突躍」，啟示著「尼格羅民族之復興」（Negro Renaissance）。

（二）黑人的小說

黑人雖然在物質上擺脫不了美國的勢力。但是在文化上，乃至文學上，卻自有他們的民資精神。因為第一步，尼格羅人在不曾被白種人征服以前，他們便在亞非利加有了奮進和努力，而且在美國人治下的黑人的天才作家，卻自始至終沒有如何接受白種人統治加給與他們的惡毒的影響，而在作品中，更沒有白種人的痕跡。所以第二部，他們對於美國文化的貢獻，對於美國文學和藝術的貢獻，倒反比號稱文明的英國熱鬧和法國人以及西班牙人給與美國的還要強烈；雖然美國人是想排斥美國文化和文學中的尼格羅民族的影響，但是他們愈想屏絕，而黑人的勢力之注人，卻愈漸濃厚。所以，黑人雖然經過了許多年奴隸制度的虐待，雖然美國人使用了宗教的麻醉和教育的奴隸思想來陶鎔他們，非惟不能把黑人的民族精神消磨，反而使他們能在美國文化的主潮上巍然獨立。從這一點上觀察，便可想見黑人的民族性是如何的強烈了。

但是，黑人在小說上的民族性的表現卻以最近為明顯，因為他們從前只是馴服的奴隸，直到近年來才有馴服中揭起自由和獨立的旗幟。自從格飛（Morkus Gervey）和波依士（W.E.B.Du Bois）等所主持的「有色人種國民改進協會」之後，已經證明了他們是認識了所處的時代，認識了弱小

民族要團結起來求生存和自由獨立的權利了。因此，他們在作品中所呈現
出德作風和十九世紀大不相同了。而在這群小說家中，有許多便是這會的
主持者，有許多是專心在文學作品中含蓄著他們對於尼格羅民族復興的熱
情來鼓勵黑人。所以，自然而然的便把他們的一切信號從小說作品中放出
來了，雖然這些作品在量上還不多，但已可概見黑人的要求自由和解放是
怎般的強烈而明顯了。這種民族復興的先鋒，也便是黑人從奴隸到人的階
段中的先知先覺。

在短篇小說《黑影》（Shadow）中，作者愛德華茲（Harry Stiwell
Edwards）描寫出一個十四歲的尼格羅小孩因為盜劫，竟替他定下了在亞
拉巴（Aabama）的礦山做二十年苦工的罪案，在他入獄的二十年中，每天
要忍苦去做一定的苦工。在二十歲時他做了馬夫，雖然變換苦工的形式，
但是十四年的悲慘的苦工仍然等待著他。但在出乎意料之外的，典獄官的
三個小姑娘到獄裡來看望了。黑人小孩對姑娘們做了一些小殷勤，姑娘們
的心被黑人的仁慈所感動了。為了要釋放這黑人小孩，姑娘們同縣長和裁
判官吵鬧起來，後來終於以這個黑人小孩作為她們三人耶誕節的禮物而得
著釋放了，這可憐的小孩才僥倖地得了自由。這很明白地刻畫出白種人對
於黑人罪案懲罰的苛刻，雖然後來僥倖得了釋放，也不過是在三位姑娘們
帶有可憐的慈悲性的要求中把他當成一件聖誕的禮物，並不曾把他當成人
類來自動地赦免，這明白地顯示了尼格羅人非自己起來尋找出路不可了。

突平（Edna Timpin）的奴隸《亞伯拉姆的解放》（Abrams'
Freedom）是描寫在戰後解放黑奴聲中所發生的故事，黑奴亞伯拉姆愛上
了解放了的黑人少婦愛密琳（Emeline），婦人很愛男子，把這男子當作
了人生最高理想。後來男子在馬車行中以替主人作一年苦工來作為自由的
條件時，婦人也幫助他的愛人獲得自由。但是在身體獲得自由後，因為在
世界上不能獲得適當的工作，仍然以從前的主人為主人。這故事是被認為
黑奴戰爭後，唯一伶巧而又具有繼發性的短篇小說。

鄧肯（Naman Duncan）的《一件假設的事》（A Hypothetical）中明
白地寫出白種人的孩子痛打黑人孩子，而黑人的孩子沒有回打的權利，而

他只有握著拳頭不敢打下，讓白種人的孩子把脾氣發完後，他自己打自己以泄忿。夏芝（L. B. Yeates）的《白墨戲》（The Chalk-Game）描寫的是黑人的孩子雖然在遊戲上有比賽的可能，但因為種族的關係，黑人是沒有入選的可能。雖然作者要在容忍方面表現黑人超越於白人的特質，但是卻正正給予了白人一一種不平的控訴。

以上的一群作家在思想和行為上都是很和平的，但是自從一九一二年小說家波依士在美國的講演發出後，黑人對於美國和控制亞菲利加的帝國主義者作了新的控訴。所以，從那時起，小說家在描寫上都轉變了方向，在意識上已經從緩和的領域而到激烈的階段。但在黑人文學方面開展了一個新的局面，而同時更為黑人民族解放運動上開拓了一個新時代。

在這群小說家中，值得述及的是詩人麥克開，他的思想採取的是激進主義，與他同時的還有淮提，浮士德女士（Gessie Fouset）休士等人他們都是在作品中表現著新的活力。

淮提生於美國阿特南特，曾在阿特南特大學讀書。從一九一八年起，他便是有色人種國民改進會的中央秘書，在種族的騷動和調查白種人加于黑人的濫刑的工作中，他曾盡了很多努力。他在美國許多的雜誌上作文章，曾經發表了幾篇與濫刑有關的小說。在《燧石中的火光》（The Fire in the Flint）裡，他揀選了一個醫生作為他的民族意識的宣傳者，而在社會學的濫刑研究上，他還作了《繩子與柴薪》（Rope and Faggot）對於虐待黑人的歷史文獻上是有一種特殊的價值。

女作家浮色德生於美國的斐拉德耳斐亞，不但是一個得有白人大學碩士學位的人，而且有機會法國的法蘭西學院去留過學。除了詩歌外，有幾個短篇小說也還有名。在（There is Confusion）一篇中，把一個跳舞者作為她光明的象徵，也頗能把尼格羅民族的精神和意識明顯地表示出來。

波依士和淮提同是黑人名族運動的健將他是一個革命小說家，在他的《黑公主》（The Dark Princess）中描寫一個傲慢婦人婦人來作為她所想創造的英雄，對於尼格羅民族的漆黑的女人的美點加以深切的讚美。那生（Nella Larson）也在他的短篇小說《流沙》（Quicksand）把一個黑人小

學教師的生活作一個深刻的描寫這小說和非修（Rudelph Fisher）的《吉立柯的牆》（Walls of Jericho）等都是屬於革命小說家一派的，在作品中蘊儲著對於白種人挑戰的意識。

　　詩人麥克開不僅在詩歌方面帶著革命性，即是在小說方面也體驗同一的表現。他曾同美國猶太種的革命為學家哥爾德（M. Gold）合力從事於《解放雜誌》（Liberator）及《群眾雜誌》（Masses）等的經營，直到現在他還與黑種的休士同為《新群眾雜誌》的長期撰稿人、休士不但在詩歌和短篇小說方面有所造就，而且他在去年出版的長篇《不是沒有笑的》（Not Without Laughter）是突破黑人文學中的新紀元，有了這書一出，美國人藐視黑人不能長篇巨製的心理已減淡了不少。

　　美國的黑人小說家和詩人似乎都為了生活的壓迫，好像只有對於詩歌和短篇小說方面有所貢獻，而對於長篇的創製，除了休士的長篇小說《不是沒有笑的》外，只有約翰孫（James Weldon Johnson）的《一個有色人的自傳》（The Autobiography of an Ex-coloured Man）算是好幾部長篇自傳中出色俄作品。這些作品即是在美國也不能吸引很多的讀者，國際的聲譽更談不上了。反而在法國的殖民地下還有一顆燦燦的碩星，雖然他是一個法帝國主義治下的非洲的小官員，但他卻是有色人種中而能以文學獲得法國一九二一年龔古爾文學獎金的第一人。這人便是以描寫非洲土人的部落生活的小說《霸都亞納》（Batouala）出名的作者赫‧馬郎（Rene Maren）。

　　《霸都亞納》因描寫的是法國赤道非洲四區域之一的烏班奇卻里（Ub-angi-Chori）地方的故事，書名便是酋長的名字。霸都亞納雖然有九個老婆和許多醫生和獵人以及嘍囉，但他只是一個沒有勢力的酋長，而實際的權力卻操縱在法國軍官和土民團練的手裡。那個法國軍官完全不顧及當地土民和利益和幸福；法蘭西人在非洲殖民地所實行的強暴政策和殘忍的壓制手段，都可以拿這個軍官來來作一個代表。因此，使土民不得不感覺到「白種人給予我們的只有三件東西是好的——床、安樂椅和艾草酒」了。雖然這小說只是講在土民的愛和憎上用力，但他卻具有描寫醜惡，污穢，墮落，殘忍，以及人生黑暗方面的絕大本領。

作者經過六年的研究，才把這小說寫好。作者雖是法帝國主義治下的一個小官，但他對於白種人在非洲殖民地內所施的暴政，在攻擊之餘，把全尼格羅民族在被壓迫中感覺到的苦痛都叫喊出來了。而且他同時又是一個大膽地否定白種文明人的作家，他在自序中說：「文明啊，文明啊，你到底是什麼東西？——你是歐羅巴人光榮的權威，而你也是他們的屠屍的殯舍！……你把你的王國建立在屍骨之上！一切你所志願的，一切你所要做的，都只在謊騙中活動著。一見了你，淚就要流出來，痛苦就要叫喊出來。你是一種破壞的勢力。你並不是在黑暗中照耀的火把，而你是毀滅一切的劫火，只要和你接觸一下便什麼都滅亡了」。而在第二部名叫《黑種人》的小說中，對於反對白種人統治的傾向是更來得顯明和濃密，對於無賴子似的歐洲人更加以嚴厲的攻擊。

所以無論在何處統治下的黑人都已經認識了白人陰謀和伎倆，喂藥自由和解放，他們非的獨立起來不可了。他們對於上帝的信託已經破滅了，他們知道上帝永不會替他們在世界上揀選一個像以色列人那樣的迦南聖地，而一切的事只有他們自己來幹才行。正如他們的民族詩人亞歷山大在《黑兄弟》一詩中所說似的，他們要突破一切的困難而建設起一個黑人的國家。

（三）黑人的戲劇

在藝術中雖能表示出黑人強烈民族意識的，要算繪畫和戲劇了。但是在繪畫中他們還沒有獨立的能力，因為繪畫根本就是貴族的東西，缺乏充分的經濟和優裕時間的練習是不成功的。所以，即使他們有所成就，而實際上還是擺脫不了白人的勢力。依據歷史上的考察，除了過去在法國居留的黑人曾間常有過繪畫的出品展覽外，在美國方面便要算出那一群為一個學會的資助和獎勵培植出來的幾個青年作家了。不過，他們在繪畫的表現力上根本便薄弱。除了把遊蕩的黑人或賣唱者的一切作為題材以表現黑人的生活外，其它便沒有大造就了。

　　黑人因為對於創制劇本的技能比較的薄弱，在演技方面的成績是勝過了劇作家的工作，所以，在美國無論何種劇團中都有黑人的分子。一面他們具有演劇的天才；一面要表現近代黑人的生活和痛苦，也即是反映美國整個的社會，也非他們不行。在美國劇本的題材方面有好多是以黑人為背景的，因為在美國的實生活中不能擺脫黑人，而黑人的犧牲和勞苦也便是美國文明之所以達到蓬勃的成因。

　　在演劇家兼導演家中最著名的要推聞名於世界的保羅・魯濱遜（Paul Robinson），他不但在黑人演劇家中算是第一個傑出的人才，即以美國的戲劇史而論他也是占很重要的位置。據批評家的眼光，像他那樣的人，在任何民族中都可以成為偉大的藝術家。不意的產生在尼格羅民族裡，不但是在黑人文學和藝術園地裡的碩果，而且為了他的成就，黑人在白種人的眼中也增高了不少的地位。

　　本來在現代美國的全部文明中，處處都在顯示黑種人只是白種人的變相奴隸和娛樂的機器。夜總會裡的爵士樂隊和舞場裡的下流舞蹈更顯示了為生活而做玩具的可憐。但是，高尚的黑人確認為這些非人的行動是可恥的，而有志向的黑人要超越於供人玩弄的一種地位，而他們並不是要供人玩弄和嬉笑，他們的企圖是要有所創造。這一派的人是不甘心馴伏於白種人資本主義勢力之下，他們反對以博得白人的歡心和仿效為高貴，他們反對奴隸的生活，而極力要站在做人的前線，克服被征服民族的沒落得意識，在社會的各種活動上表現出尼格羅民族的特質和光榮從關榮和特質中再去尋求他們的出路，提高全民族的地位。在後面的這派中，魯濱遜便是這些戰士中，持著大旗向做人道上飛奔的人。

　　魯濱遜曾受過美國的大學教育，但他終竟是屬於一個奴隸的種族，他從不曾忘記自己的低賤，更是在大學時代從學校運動一點所受到的侮辱，使他永遠不會忘懷。他之所以努力於黑人的自由和獨立，也便是要在美國人眼中的卑賤上建立起黑人的偉大。

　　他的演劇生活的開始是在應募為美國當代劇作家奧尼爾（Eugene O'Nell）的《群斯皇帝》（Emperor Jones）和《上帝的孩子們都長著翅

翼》（All God's Children Got Wings）的女主角那時。本來尼格羅人便有演劇的天才，更加以一副絕好的嗓子，所以，一登臺就便在出人意料之外的獲得了很大的成功。

魯濱遜在演劇方面成功後，他的民族意識和志願也伴著地位而高漲。他說：「我將來總要做一點什麼使白種人可以明白的瞭解：尼格羅同他們自己也是同樣的人，同樣地忍受痛苦，同樣地悲哀歡喜；而這種因為人種關係的武斷的界限完全是不能成立的；因為我們是同一樣的人。」他要達到目的。所以利用戲劇來作為唯一的宣傳武器。他在實現了演莎士比亞的名劇《奧賽洛》（Othello）之後，在演莎士比亞戲劇極多的倫敦獲得了突破演劇成功之新記錄，他的目的是把莎士比亞蘊蓄在這劇本裡的同情瞭解與高尚都搬上了舞臺，要使人知道那一個在三百年前在威尼斯謀殺美貌的白種女子的野蠻人是一個優美而高尚的男子。那個野蠻人的高尚和優美，也便是黑人所具有的優美和高尚。

另外，在美國近年來盛行而且幾乎征服了全世界的電影劇，也還是有點黑人勢力在。除了劇材和演員上採用黑人外，而且還有完全以黑人作導演和扮演的影片。最著名的《大賽會》（The Big Parade）的導演者凡都（King Vidor）的純黑人主演的片子《阿里路亞》（Heleluah）引起了美國和德國的注意。凡都為著要在《阿里路亞》中完全逼真地描寫黑人的生活起見，他特別地親自到美國南部的黑人區域挑選絕好的演員，所有的一切面貌都能十足的表現出黑人民族的全部生活。

在劇本的製作上，因為黑人在文學和藝術方面展開的時間太短，所以，他們的成功便沒有像在小說和詩歌方面的成功了。即使有些劇本，但大半是很短的描寫黑人生活的製作，而且在黑人所特有的英語和略語及繁多的土語之外又兼以外國語的摻和，在表演上是難於得著黑人以外的觀者的同情和瞭解。只有在黑人特有的劇場上排演時，在題材上是可以被認為喚醒民族覺醒的工具。

不過，在黑人戲劇發展的過程中，最值得注意的是美國的黑人在一九二六年以《募工者》（Cruiser）獨幕劇得機會雜誌（Opportunity）戲劇獎

金的馬惹士（Jonethan Matheus）和以《羽毛》（Plumes）獲得該雜誌一九
二七年戲劇第一獎的約翰生女士（Georgia Douglas Johnson）為最著名。

在《募工者》一劇中，雖然也是短短的獨幕劇，卻能深刻地表示出在
林肯釋放黑奴後，他們的生活還是不能不受制於變相的奴隸生活。七十二
歲的著保姆的祖母只有再生活不好時唱著：「沒有人曾經知道我經過的困
苦，只有耶穌知曉……」而為孫子的二十二歲的尼格羅青年為著生活不得
不承認北方車器廠募工者的要求。因為募工的白種人對黑人青年說：「別
要失掉你一生的好機會，有好工錢，有的事業等著你」。而且，只要只要
黑人青年承認了募工者的工作，他不但可以創造自己的新生命，且而還能
使祖母的生活安穩，使妻子漂亮，所以，雖然在內心有許多有種族的恥辱
而造成的衝突，經過長時的打量後，他不得不承認了。

黑人在戲劇方面沒如何偉大的成績，但他們的努力卻值得相當的佩服。

假如把戲劇的成績來與小說、詩歌和音樂相互的比較，自然已小說和
詩歌更比較的偉大，「爵士音樂」雖然擺脫不了黑人的血，但是它已經和
跳舞似的，只成了資產階級的娛樂品。只有小說、詩歌──除去了宗教的
讚美詩──和戲劇是在黑人自由和獨立的運動中，能擔負起重大的使命。

所以黑人作家們當前的使命正如黑人洛克（Alain Loche）在《美國文
化中的尼格羅人》（The Negro in American Culture）一文中所說似的：

「我們年青的尼格羅藝術家，應當不用羞慚和畏懼的表現我們黑皮
膚者的一切生活、思想和活動。假如白人願意，那我們也喜歡。假如他們
不喜歡，納特不要緊，我們知道我們是美麗的，我們認為我們是優秀的民
族，我們要明白地建造殿堂，我們知道怎樣的堅強，我們站在高峻的山，
自由在我們自己的身內。」

到那時被壓迫的尼格羅民族興起了，正如黑人布洛勒（Bojamin
Brawioy）在《尼格羅人美國小說》（The Negro in America Fiction）一文
中的結論說：

「有一天我們將定出一個偉大國家的計畫。我們將有一個捍衛我們，
而不是安放我們在戰鬥和屠殺上面的政府。將有一天我們的孩子不再為礦

山或機器的奴隸，我們將有享受上帝榮貴的創造的機會，有一天尼格羅民族要完整地製成一個計畫，而且變成一個真正的人，於是，我們將有選民的居留地……」

一九三三年十二月一日付排
一九三三年十二月二十日初版

（注：趙家璧主編，一角叢書第78種，上海良友圖書印刷公司出版）

黑人文學中民族意識之表現

　　美國的黑奴制度輕過了長期的歷史，他們在奴隸生活的轉側中，他們為著了主人的淫威而勞苦的日夜工作。他們感覺到白種人是上帝特別生來壓迫他們的，他們認定自己的痛苦是命運的註定，所以在他們長長地歷史中沒有反抗和控訴。但是，自從林肯在形式上把黑奴解放後，在五六十年中，黑人漸漸地在經濟上，在社會地位上，在職業上都有了相當的地位。

　　除了那些生活安定而且舒適的黑人，以及那些已經加入美國籍的黑人外，大多數的黑人仍然在變相的奴隸生活中，只不過為了法律上的條文，白人虐待黑人的事件是一天比一天的減少罷了。因此，在解放後的黑人得著了教育的機會，而在知識分子所感到的民族間的種種不平，都在文學中反映出來了。而美國人輕視的黑人，也能在白人藐視下努力地創造著他們的文學，把他們的民族意識，藉著主人公的行動活躍的表示出來。

　　美國的黑人雖然在物質上擺脫不了她的勢力，但是在文化上，乃至在文學上，卻自有他們的民族精神。因為第一部，尼格羅人已經在白種人的血未注入前，他們便在亞非利加洲有了奮進努力，而且美國人治下的黑人的天才作家，卻自始至終沒有如何接受那白種人治他們的影響，而在作品中，更少有白種人的痕跡。所以第二步，他們對於美國文化的貢獻，對於美國文學和藝術的貢獻，倒反比那號稱文明的英國人和法國人，西班牙給予美國的還要強烈；雖然美國人是想排斥美國文化和文學中的尼格羅民族的影響，但是愈想摒絕，而他們的勢力之注入卻愈見濃重。這點可以參看黑人淮提（Clarenc Cameion White）底《黑人給予美國音樂之貢獻》（Negios Gift to American Music）足洛克底《我們對於美國的最大貢獻》（Our Geatest Gift to American）。所以，黑人雖然經過了許多年奴隸制度

的虐待，雖然美國人使用了宗教的麻醉和教育的奴隸思想來陶鎔他們，非
惟不能把尼格羅民族的民族精神消麼，反使他們能在美國文化的主潮上巍
然獨立：這樣，便可想見黑人的民族性是如何的強烈了。

　　但是，在小說上的民族性的表現，卻以最近為明澈。因為早年他們還
少顧及，自從格飛（Morkus Garuey）和波依士（M·Bmghardtdu bois）
等所主持的有色人種國民改進協會（National AssociationForth advonce of
Colorpeople）出後，已經證明他們是認識了所處的時代，認識弱小民族要
團結起來求生存和自由與獨立的權利和勢力了。因此，他們在作品中所呈
現出的作風和十九世紀大大地不相同了。而在這群小說家中，有許多便是
這會的主持者，有許多是專心在文學作品中含蓄著他們對於尼格羅民族再
興的熱忱來鼓動黑人。所以，自然而然的便把他們的一切信號從小詭作品
放出來了，雖然在量上不多，但是，已可概見黑人的要求自由和解放是怎
般的強烈而顯明了。這種民族復興的先鋒，也便是他們的先知。

　　在短篇小說中《陰影》（Shadow）中，作者愛德華茲（Harry Stiwell
Ewords）描寫出一個十四歲的尼格羅小孩因為盜劫而下獄，竟為他定了
二十年在礦山作苦工的罪案。後來典獄官的三個姑娘向她們的父親要求
以放這黑人小孩來作為她們耶誕節的禮物，這可憐的孩子便僥倖地有了自
由。這很明白的副剖出白種人對於黑奴罪案懲罰的苛刻，雖然他僥倖得了
釋放，也不過是在三個姑娘們的帶有可憐的慈祥味中把他當成了一件禮
物罷了。並未把他當成人來赦免，隱隱地暗示著尼格羅人非自己尋找出
路，非自己起來爭取自由不可了。突平（Edna Timpin）底《亞伯南姆底
自由》（Abram's Freedon）是描寫美國內戰後解放黑奴的故事。黑奴亞伯
南姆愛上了自由的黑人少婦愛米琳（Emmeline），婦人把她的愛人作為
人生中最高的理想，當亞伯南姆以替主人當多年的馬夫來求得自由的時光
中，愛米琳也努力地幫助伊的丈夫獲得自由。雖然後來獲得自由後還想留
在主人家中工作，但由此可見黑奴是如何的想求得自由而從白種人的勢力
下解放，從白人的手中爭回已失的自由了。鄧肯（NamanDu ncar）底《一
件假設的事》（A HypotheticalCase）很明白地描寫白人的孩子痛打黑人

孩子，而黑人的孩子沒有回打他的權利。夏芝（L‧B‧Yeats）底《白墨戲》（The Chalk-Game）是描寫黑人的孩子在競技中的命運的失敗，很明白地表示出黑人底超越於白人的特質。

以上的一群作者都是很平和的，但是，自從一九一二年小說家波恢士在美國的阿特南特（Adarta）底講演發出後，黑人已經對於美國人作了新的控訴。所以，在那時後的小說家在描寫上都轉變了方向，從緩和的領域而到了激烈的階段。在黑人文學上重新開展了一個新的局面，而同時便為未來的黑人文學開拓了新的時代。

麥克開（Ceaude Mackay）以一八八九年生於傑墨加（Gamarica），一九一二年曾到美國甘沙士大學研究兩年，一九二一年赴俄遊歷，曾在海外居留數年。在一九二八年才開始發表第一篇小說《哈倫的回歸》（Home to Horlem），描寫回到黑人的貧民窟的哈倫去的工人的苦痛和人剝削黑人血汗後所享的娛樂的相襯托，已經在向白人作正式的挑戰的突擊了。但是，他同時卻以詩歌著名，最著名的要算是在一九二二年發表的《哈倫的陰影》（Horlem Sbadows）。在美國黑人詩人中他算是頂聞名的，在他底詩中，他們所要的是為民族而戰的勝利之死，並不是如被獵的戰群之死。

淮特（Waltu White）生於阿特南特，曾在那兒的阿特南特大學讀過書。他是黑人民族運動中很有力量的人，自從一九一八年以來，他便是有色人種國民改進會的秘書，在種族的騷動和調查濫刑的工作上，他曾盡了許多的力。他在許多的雜誌上作文章，曾經發表了兩篇小說，《在遂石中的火光》（The Fire in the Flint）中，他揀選了一個醫生作為他民族主義的宣傳者，他在濫刑的社會研究上，他還出版了《繩子與柴薪》（Rope and Faggot），對於研究虐待黑人的文獻上是很重要的作品。

女作家浮色德（Gossie Faset）生於美國的斐拉德耳斐亞省，是一個得有大學碩士學位的人，而且曾經有機會到法團的法蘭西學院去留過學。除了詩歌外，她還寫了兩篇小說。在《羞恥》（Theue is Confusion）一篇中把一個跳舞者作為她光明的象徵，也頗能把尼格羅民族的精神顯明地表現出來。

　　依波士和淮提卻同是黑人民族運動的健將，他是一個革命小說家，在他的《黑的公主》（The wark Princess）中描寫一個傲慢的婦人來作為他所想創造的英雄，對於尼格羅民族的漆黑的女人加以深切的美的讚賞。那生（Nella Darsen）也在他的小說《流沙》（Juichsand）把一個黑人小學教師的生活作一種深刻地描寫。和著裴寨（Rudelph Fisher）《吉黑柯底牆垣》（Walls of Grsichs）等都是屬於革命小說家一派的，在作品蘊蓄著對於白種人挑戰的意識。

　　詩人麥克開曾經同美國猶太種的所謂過激派文學的實行家哥爾德（M. Gold）自合力從事於解放雜誌（Literator）及群眾雜誌（Masses）及新群眾（New Masses）等的經營，而在實際上真能與哥爾德等在行動上合作的卻要算詩人兼小說家佛士（Langiton Hughes）。他於一九〇二年生於美國，在哥倫比亞大舉經過一年的學生生活後便以一個水手底身分旅行到了歐洲和非洲，此外也還在林肯大學研究。他的詩集已出版了《疲倦的水手》（The weary Blues）與《猶太人底美麗衣服》（Fine Clothes of the Jew）。他最近出版的《不用笑》（Not withont Langhter）是一部長篇的巨製，有了他這部作品，美國人藐視黑人不能長篇巨製的心理已減淡了不少。

　　在美國的黑人小說家好像只有對於詩歌與短篇小說有所貢獻，而對於長篇的創作的出版還沒有在社會科學方面的成績更好。反而在法國的殖民地治下還有一個燦燦的碩星，雖然他是一個法蘭西帝國主義者統治的非洲下的一個小官員，但他是有色人種中而能以文字獲得法國一九二一年的龔古爾文學獎金的第一人。這人是誰？便是以描寫非洲土人的部落生活的小說《霸都亞納》（Batouala）的作者赫勒・馬朗（Rene Maran）。

　　《霸都亞納》是一部筆記體的小說，批評家稱為是：「中亞非利加法蘭西屬地土民現代生活的最陰暗的一種描寫。」他現年四十歲，得獎金的時候只有三十四歲。他生於法國的鮑都（Bordeanx）。他的父母是法屬西印度群島的黑種土人，而從群島上遷居到法國的。他在法國學校念書時便開始著作，曾經在法國北部季里（Dille）地方出版的晨鐘報（De Beffroi）發表過詩和散文。那報的主人後來會為他印行詩集《良辰之邸》

（Da Mais n de Donhenr）和《內在生活》（Da Vie Jnterienre），同他在那報紙投稿的人，後來都成了大名。《霸都亞納》內描寫成的是法屬赤道非洲四區域之一的島班奇卻里（ubangi-chari）地方的一個小酋長的名字。他雖然有九個老婆和許多的醫生，獵人和嘍囉，但他只是一個沒有勢力的酋長，而實際的權力還在法國軍官和土民團練的手裡。那個法國軍官完全不顧及當地土民的利益和幸福，法蘭西人在非洲殖民地所施行的強暴政策和殘忍的壓制手段，都可以拿他來做一個代表。因此，使土人們不得不感覺到「白種人給我們的只有三件東西是好的：床、安樂椅和艾草酒」了。雖然這小說只是在講初民的愛和恨上用力，但他卻具有描寫醜惡，污穢，墮落，殘忍，以及人生黑暗方面的絕大本領。他經過了六年的研究才把《霸都亞納》寫好，作者雖然是法帝國主義治下的一個小官，但他對於白人在殖民地內的暴政可謂攻擊得不留餘地，把全尼格羅民族在被壓迫中所感到的苦痛都叫喊出來了。而且，他同時又是一個大膽地否定白種文明的人，他在自序中說：「文明呵，文明呵，你到底是甚麼東西？——歐羅巴人光榮的威權，而也是他們的厝屍的殯舍！……；你把你的王國建在屍骨之上。一切你所志願的，一切你要做的，都只在謊騙中活動著。一見了你，淚就要噴出來，痛苦就要叫喊出來。你是一種破壞的勢力。你並不是在黑暗中照耀的火把，而你是焚毀一切的劫火。和你接觸一下便什麼都滅亡了。」而在第二部名叫《黑人》的小說中，對於反對白人的統治的傾向是更來得顯明和濃密。對於無賴子的歐洲人更加以嚴酷的攻擊。

所以無論在何處統治下的黑人都已經認識了白人的陰謀和伎倆，為要自由和解放，他們非得獨立起來不可了。他們對於上帝的信託已經破滅了，他們知道上帝永不會替他們在世界上揀選一個像以色列人那樣的迦南聖地，而一切的事只有他們自己挺身來幹才行。正如他們的詩人亞歷山大（Devis alesander）在《黑弟兄》（The Wark Brotber）一詩中所說：

嘿，我是黑，
但我也黑得愛人，

　　我如夜之子般的黝黑，

　　我如深黯的洞窟般的漆黑，

　　我是一個奴隸種族的嫩枝，

　　他協助建立一個強壯的國家，

　　那你我可以在世界得著平等的待遇，

　　勇敢和強毅如那立在惡浪潮頭的人們，

　　高高的撐起一枝旗幟，

　　她的飄揚打倒了一切人們的反對。

　　一樣似的，他們要突破一切的困難而建立起一個黑人的國家，這種
是近代黑人文學作品很值得讚譽的花果。因為他們從前在宗教的讚美詩，
民歌，抒情詩歌中獲得的思想是（一）忘掉現實的痛苦；（二）知足；
（三）忠實的奴隸三種。因為他們認為在世界上永遠得不著安慰和幸福，
因此把皈依上帝作為唯一的安慰。對於現實中由壓迫而產生的痛苦並不企
圖努力解除，只想早日地回到上帝那兒去，只想「我要去到天堂，坐在天
使的座上，吃那天使的珍嘗……得了安適舒暢，我同我的上帝，可以隨
心所望。」只想「榮耀而可愛的車子從天上搖搖的低下，他們是接我回
家……憑藉我的能力，我詳盤了上帝為我選定的迦南，在我的後面有一
隊天使，他們是來接我回家。」在這種詩歌中，前者是黑人在奴隸生活中
渴想著自由和飽食暖衣，以及舒適的悲吟，完全是想躲避世界上的壓迫和
痛苦。後者是在讚美詩中夢得著迦南，把他們自妄比著古埃及受難的以色
列民族，夢想著上帝為他們黑奴揀選了肥沃的土地作為上帝述民的居留
地。他們想把現實的痛苦忘掉，但是，非惟夢想的迦南不能成為述民們的
王國，即是他們的祖國亞非利加洲已經幾乎被帝國主義者佔領完了。他們
雖然在知足的態度讚美亞非利加洲的熱帶下的林莽，雖然回想著幼年時在
故鄉時的情景，雖然安閒地歌吟著黑姑娘的美，雖然吟詠著美國的物質文
明，雖然在歌頌大自然的景色，但這種知足者只是一些在白人統治下成了

順民的有地位的人，他們早已不把文學當作喚醒民族覺悟的信號，他們只是安于現實罷了；和這些安於現實的有地位者同調的也還有所謂約翰亨利型的工人，他們被白人用宗教和愚民政策所陶鎔，他們失掉了民族的意識，早已成了白人的忠實奴隸。

但是，這三種沒有尼格羅意識的種種表現，因著他們和白種間所形成的衝突一天天地尖銳化，而且更兼以他們被世界各弱小民族獨立的潮流所激盪，而他們的革命文學家又不絕在文字上加以宣傳，在詩歌中所呈現的完全像：「太太住在高樓大廈中黑保姆住在後庭內，太太握著伊的白手玩，保姆拚命地工作不絕。……主人始終是騎馬，黑奴繞著他而工作不絕。主人們在白天睡覺，黑奴們在地底下挖掘。」一類的帶有革命的反抗性的詩歌佈滿了百萬以上的尼格羅勞動者之間，只要把葛蘭特（Dawcnce Gallert）從勞動者的群隊中收集而陸續在新群眾上發表的詩歌中去加以考察，黑人和白人間的接觸，已經到了極尖銳點，只要他們有團結的能力，馬上便會與白人突擊起來了。

現在，在黑人的詩歌和小說中，已經拋棄了白人所給予他的：「奴隸教養」的實惠而走到了民族覺醒的一點。乃至美國所謂無產派批評家卡爾佛吞（V.E Caluerton）在他底《美國黑人文學選集》（Anthology of American Negro Leterature）的引言中也認為：「黑人文學的出發點的觀點是民族的，而是為民族的自覺而創作，為民族的痛苦而歌吟，並不是為藝術而藝術。而且黑人文學之興起，將來會因著文學之成長而達到全民族的興起。」是更可以證實黑人對於將來的出路是必需要先著重於民族的自由和解放，他們要在啟迪新的時代的作品中顯現出「新尼格羅」（New Negro）的脈搏的突擊，啟示著「尼格羅民族之復興」。（Negro Benaisance）所以一切的作家們都要如黑人洛克（Alain Docke）在《美國文化中的尼格羅人》（The Negro in American Culture）中引用激烈派文學家的佛士的話說：「我們年青尼格羅藝術家應當不用羞慚和畏懼的表現我們黑皮膚者的一切生活，思想和活動。假如白人是願意，那我們也歡喜。假如他們不喜歡，那也不要緊。我們知道他們是美麗的，我也知道我們的

醜陋。……我們要為將來建造我們的殿堂，我們知道我們是怎般的強壯，我們站在高崗的巔際，自由在我們自己的身內呢。」到那時在奴隸的枷鎖壓迫下呻吟的尼格羅民族興起了，正如黑人布洛勒（Bejamin Brawley）在《美國小說中的尼格羅人》（The Nagro in American Fiction）一文的結論中所說：

　　「有一天我們將定出我們的偉大國家的計畫。有一天我們將有一個捍衛我們，而不是建設在戰鬥和屠殺上面的政府。將有一天我們的孩子不再作白人礦山或機器的奴隸，我們將有享受上帝榮貴的創造底機會，有一天尼格羅人可以完成一個計畫，變成一個真正的人類。於是，我們便是選民的居留地了！……」

　　這雖然不能馬上便趨於實現，但再假以時日，而尼格羅民族的興起是無疑的事實。假如不想文學可以推動革命，或者促成民族復興的人，只要一看西班牙的文學家在這次民主革命中所占的地位便可知道，（見我在《前鋒月刊》之《西班牙文學與革命》一文）而且對於中國也可以借鑒了。

（注）此文與從前所發表各文之取材與立論完全不同，友人周起應已譯有卡爾佛吞所著之《黑人文學之成長》（The Growth of Negro Literatune）一文和淮提的《燧石中的火光》交小說月報發表。本文之參考書特附注其下，以為研究黑人文學者之一助。

Laurencc Gallert: He Negro Sovgs of Protest V. F・Calrerton: Arthologg of American Negro Li terature.

一九三一年七月二八日病中草寫

（編者注：原文刊載於《民族文藝論文集》，杭州正中書局出版）

今後新生活運動的推行問題
——讀舒吉玉的《新運所需的精神和力量》

　　新生活運動既是立國救民，復興民族的要道，而它的目的又是企圖在整個國民的食衣住行上面表現出禮義廉恥的精神，那麼這運動是要用甚麼力量才能使它趨於實現？換言之，即是要用甚麼力量去推動新生活運動，使全國人民，都能實行合理化的生活呢？因此，推動新生活運動的力量是值得加以研究的。

　　蔣委員長關於新生活運動的方式曾說：「先以教導，後以檢閱——教導是以身教，口教，再以圖書文字電影為教。……」教導的意思，倘是以先知先覺者（領袖）所發明的理論授之後知後覺者，再由後知後覺者運用以教導不知不覺者。這種教導的力量正如蔣委員長所說似的：是要在舊制度崩潰，新制度代之而興的時候，提倡與其新制度相適應的風氣以推行之助，不然新制度便因與舊有風氣格格不相入，以致遭受了迂迴顛簸，沒有施展它的效能的可能。故而在推行新制度時，必須風以動之，教以化之，因為轉移風氣比較政教的力量更大，而在需要上也比政教急切，風氣既以造成，然後才政以治之，而政治才能獲得實效。因此，大家都認為新生活運動是一種「轉移風氣」的運動，即是說，所謂新生活的「運動」，也便是轉移風氣的工作。

　　但是，新生活運動要如何才能實現它的效能呢？這在從事轉移風氣工作的人是需得加以深切注意的。因為凡人作一件小事，也得有一種推動力，又何況是作為復興民族前衛的新生活運動呢？又何況先知先覺的領袖只提供了一種最高的原則，而推動的方法和力量還得後知後覺的人研討實

施呢？所以，對於新生活運動的推動力一點，我很同意於上期導報舒吉玉先生在《新運所需要的精神和力量》一文中所說的，新運的推動或許是由自然、風尚、政治三者構成，如果這三者能善於利用的話，相信新運的推動力才可以發揮它的功能。下面再以己意漫談一下，不過是與舒君討論，不敢說有什麼高見，更不能說有什麼科學上的依據。

自然力也可說是天然力。因為這種力量是由良知良能（本能）所認定的是非，加予了判斷而生出的力量。比如說，饑則食，渴則飲，寒則衣，除了兒童和成人可以自己取用外，即如不識不知的嬰兒，也有一種對饑渴寒冷的表情和徵象。其它如飛潛動植，也在為了個體的生存上，都有自然的表現。人生而為萬物之靈，代表靈於萬物的文化，正是人類所獨有的。但是，試一考察或分析文化的遺產，有大半是由自然力產生的，因為人類既有良知良能，故而便由良知良能（本能）所認定的是非，由判斷的結果而產生出了文化。所以說，我們在推動新生活運動時，自然力是首先需要的。因為利用人類的自然力（本能）去推動某種預定的運動，在受者本人是「樂意」奉行的，決定是「事半功倍」。

不過，話雖如此說，而自然力也不免受遺傳的影響，而不能像我們理想似的，盡可以運用自如。凡是作一種運動，並不是限於固有的方法，凡是以完成理想，而可以用之作為手段的，都可以善於利用。在往昔，中國的儒家便是要運用這種自然而然的力量以化民成俗，如孔孟盛讚的先王之道，無非是「日出而作，日入而息，耕田而食，鑿井而飲，帝利于我何有哉？」的原始生活。老子的無為而治，也是要利用人類的自然力以達於理想之境。然而在今日，人事日繁，社會風俗的淺薄也勝於往昔，對於自然力的運用是很難收宏效的。因此，我覺得推進新生活運動時，對於自然力也不能太相信。如果要人人自然而然趨於為善，那是很難奏效的。

這樣，便來了風尚或習俗的問題，風尚或習俗常能成為一種偉大的力量，而他人不能抵禦。如果說把風尚力和自然力比較起來，風尚力是後天的，而自然力便是先天的。所謂「風尚」，如「習慣」是因大眾的相習成

風，繼而個個崇尚，久而久之，不論好壞，都成為牢不可破的力量了。比如說，漢朝文翁治蜀，以禮樂法度化民成俗，是得力於風尚力，並不是他個人絕對有好大的力量。又如王陽明謫貶貴州龍場，初而土人（苗子）想要加害，後來簡直設壇講學，在社會上有了風尚力後，一些不開化的苗子們也在不知不覺中潛移默化了。所以我覺得風尚力是出社會風氣所養成的「好與醜」，由公眾相通的論衡所形成的一種力量。自然在這種力量還未根深蒂固時，人們免不了發生懷疑而致不滿，但是久而久之，相習成風，已成習慣便牢不可破。這就是像土耳其人的高帽子和女人的面幕，凱末而總統要加以取締時，引起了人們的反感。又如猶太人的長鬍子，印度人的大布包頭，無論是經過好大的侮辱，他甘願以生命相殉，而不願改變他們的習慣。所以，我們征推動新生活運動時，這種風尚是要善於利用的。不但舊有的優美風尚要加以表彰提倡，就是醜惡的風尚，也要逐漸地祛除而代以新的優美風尚。因為由風尚力所推動的事是受者「願意的」，可以收到「事半功倍」的效力。久之習慣成自然，也不消再使用習慣力或風尚力以勸之了。

　　自然力和風尚力既是推動新生活運動所急需的兩種主力，然而自然力和風尚力正是做到了所謂「風以動之，教以化之」，的程度，但是，有時又非得利用政治的力量不可，即所謂「政以治之」。而平常所習聞的「君子之德風，小人之德草，草上之風必偃」的話，也便是帶有強制力的「政以治之」一語的好注腳。

　　關於使用政治力量以推動新生活運動：現在已成了推行新運的人們共同感到的問題，因為大家覺得中國社會風氣到今日已到了濫熟的地步，如果沒有疾勁之風，如果沒有猛烈的藥石，斷難收到預期的實效。因而大家主張在勸道之外再加上政治力量，則在推行上更能見效。雖然此種意見不一定能見諸實行，可是，他們又舉出歷朝開國推行新政時的強制執行來作證明，尤可以強調他們的主張。不過，我覺得政治力最可以使用的，而把新運的規章列入違警罰內，是並無甚麼抵觸的，因為如衛生，行路等早是違警法所列入的，只消附著上一部分，便可以執行而無礙。如果過分使用

強制力量，那在推行新運時給予國民的感應，恐怕要以「苛政」視之；匪惟不能獲得良好的結果，反而生出惡影響了。

　　不過，在此，我覺得還是風尚或習慣力來得重要。因為一個人要自然而然的趨於為善，那是過於理想，事實是很難辦到。如果以政治的力量強人為善，也必然會引起怨言，而是不近情理的愚行。只有在推行新運時，以「造成風氣」為主要工作。由「新風氣」以轉移風氣，那是比用甚麼力量為妙。固然一朝開國之君是以政治力量推行新政，但在若干年，雖然新政是屢著奇效，而政治力卻早喪失了作用，人民也不知有政治力量的存在了。——這即是為了那種新政在社會上已成了習慣風尚，人們自然而然便入其轂中，照樣奉行而不覺。由此便可以推測到政治力只是在初次推行時的一種手段，在新風氣既成之後，政治根本上用不著，至多也是隱而不顯的一種後盾。在乎推行人員的運用耳。

　　尤其是，負有推行之責的各級幹部人員，在深澈了上述的諸種力量之外，亟應以身作則，處處可以表示出是一個模範的人。所謂君子之德風，只要幹部人員，知識分子與為政者能如是，一般國人之得資楷模，必可收風行草偃之效的。否則，本身所有的力量舍而不用，只是一味要求他人的齊一，要求他人合於標準，便未免是捨本而逐末了。

　　曾國藩說，風俗之厚薄在乎一二人的轉響，在今日的中國，我想總不至只有一二人合乎新運的標準罷？在總會成立三周年的今日，我以此罪言來作一個奢望。（關於違警罰法，另作文發表。）

　　（編者注：原文刊載於《新運導報》第9期1937年出版）

孔子與新生活運動
——八月二十八日在本台播講

蔣委員長說：「國家紛亂貧弱的原因，根本是於國民道德的墮落；一個國家的國民道德既然墮落，國家就紛亂貧弱，什麼外國人都要來侵略。」在紀念先師孔子誕辰時，我們不能忽略了中華民族的國民道德，及其與新運的關係。

六經在明清兩朝曾被用作「取士」之工具，然而也許只被當做朝廷「取士」或平民「獵官」的一種工具而已；自從科舉廢除後，人們不管他的價值如何，大家接受西方文明都不暇，誰還有時間來顧及它？！致五四運動，人們狂呼著打倒孔家店，不單是六經，乃至六經以外的東西，也都一律遭受了冷觀的厄運，五四運動時代的白話宗師胡適之先生也曾說：「六經不夠作領袖人才的來源。」胡適之先生認定製造士大夫之工具往往因時代而不同，而六經則非主要的工具：「因為一個時代，有一個時代的士大夫，一個國家，有一個國家的範型式的領袖人物；他們的高下優劣，總逃不出他們所受的教育訓練的勢力——某種範型的訓育，自然產生某種範型的領袖。」像他這種說法，簡直把六經說的一錢不值了。

須知胡適之先生是主張「全盤西化」的（Whlesale Westenig ation），自然他不免認為「除論孟及禮記一部之外，皆係古史料而已，有何精義可做人模範。」然而我覺得這些話，都只能論到一切口中孔孟的「迂儒」「腐儒」，他們之不能坐言起行，他們之不免「華於言而寡於實」，「道迂難遵」之議，都不是「通儒」應具的，正如章太炎先生所說的：「儒家之言，關於修己之道獨多，論及正事者，亦不少，孔子言與於詩，立于禮，成于樂，本以教人修己，一部論語，言修己之道更多。」因為他認為

古儒者，頗多「有用之才」，若專門說經之士，往往乏運用之術，孔子以來，惟吳起杜預二人有幹略，他若公羊穀梁，與其傳授之徒，無有以功名顯者；又如孔子傳易於商賈中經數傳，以至漢世，亦無以功業顯於當代者；餘如傳詩之高子孟仲子，傳禮之高堂生，傳書之伏生，皆無事蹟可見；蓋粹純經師，往往不涉世務，故功業短於儒家；他的結論，是經典內所含治人之道，非儒便不能運用；若乎經師，不過治經通經，不能經涉世務，充其極，亦不過書呆子而已！

因為凡是一種古代的典籍，都是有他歷史上的價值；若純以現代人之眼光觀之。以今觀古而懸疑批判之，等於是毀滅了古代的文化；所以我們應帶著信仰及發研啟迪的眼光，去研治它，夫然後可以顯出它的實用；否則。我們只當做「殘骸」與「古董」去看他，那他本身便無價值可言。

關於民族意識，素來人們都以為是中國人所缺乏的，因為中國先賢是標榜「王道」與「和平」的；然而在文獻中所表現的，卻並不盡然，比如，春秋一書中所記的：「內諸夏外夷狄」，不是超絕的愛國主義（Chanerism），而是我中華民族極早的民族主義之最高原則的樹立，自是以後，我炎黃裔冑，雖然數次亡於胡族，卒能光復舊有山河文物者，都是收效於「嚴夷夏之防」的經訓；孔子作春秋而多言齊桓晉文之事者，以管仲能攘夷狄；孔子披髮左衽歎，尤為表著；以後秦皇漢武之攘夷，以至歷次異族之內侵，皆不能成禍，而一直到晉室，始有五胡之亂，這九百餘年間，中國之能成金甌之勢，都是源於春秋之義（內諸夏外夷狄）遞相傳習；自此之後，中間雖有宋明之受制於異族，然而卒能光復者，這九百余年間之餘澤，也還是春秋「內諸夏外夷狄」之義（即管仲尊王攘夷之事）；吾人居今日，每常聽見腐儒言王道與和平之事，然而不知他們正是與實事脫了節，抹殺孔子作為春秋時民族意識的昭示。

孔子教人對於立己修身之道，是特別注意的，六經中除了史料部分之外，直接或間接示人立己修身之道的地方很多，只要深味體識，不難的其實惠，可惜後人因鑽研六經之故，以致經術盛而經義多歧，文學興而孔學益晦了，人們之所求於孔子者，群撿拾于經書，文字之間，疲精訓詁，而

聖道逐蔽於經書文字而不可見了，現在非六經的人們，不單是沒有透視帶「六經先王之陳跡」，即是孔子所昭示的較淺近的立己修身之道，也還是為人們所唾棄；尤其是在近數十年來，因為傾心崇拜西洋文化的關係，完全是棄之如敝屣，而西洋人和日本反而奉之以調整充實其生活；我們如果欲在物質國防建設之外，以留心於精神國防之建設，對於孔學應予以相當的研討，要汰其繁腫與不合現實的一切，專把合於現實而又能救亡圖存立己修身的，借作殷鑒，不可盲目地一概抹殺了。

最後新生活推行人員對於孔學，更應用一種特殊的眼光去研討它，因為新生活運動的主旨，乃在恢復中國固有的道德，而以之表現於人民日常生活中；所謂固有的道德是什麼？便是先聖先賢所崇尚的「禮義廉恥」，在六經隨處都是禮義廉恥的陳跡，隨處都是值得新運推行人員注意的；尤其是《禮記》一書，雖然後人聚訟紛紜，然而卻是多存禮家舊籍，不管是否七十子後學之書，讀之非但孔門經義可以了然，即古代典章亦多可考，故學者多視為珍品，中山先生之大同思想，導源於禮運篇，其卓見尤較西洋社會主義高出一籌，我們並不是敝帚自珍，孔子實是我中華民族的先師，我們要復興民族，在尊孔之餘，更要實行孔子的教義才是。

（編者注：原文刊載於《廣播週報》第103期）

勞動服務理論與實際諸問題之檢討

序引

人民應有為社會大眾而勞動的義務，現在已由服工役的形式而開始了。這種方法，在中國古代早已是行之有效，而在歐美先進國及日本的法律中，也有類似人民服工役的規定，蘇俄德意志及保加利亞與奧匈等國更以此為立國之根本原則，並常出之以「強迫的」形式。甚至以德謨克拉西相號召的美利堅和法蘭西，以和平相誇耀的英吉利和加拿大，乃至瑞典捷克斯拉夫瑞士等國，都有同樣的設施。同時，大家都呈現著同一的表象，都是用國家的制裁力量來加強著預期的效率。可是，中國自三代以下，人民習於浮華散漫，中經六朝的文士空談，唐朝佛教出世思想的浸潤，宋明理學的空疏，以至近三百年，正如孫中山先生所說的，「中國近代之積弱不振奄奄待斃者，實為知之非艱行之惟艱一說所誤。此說深中於學者之心理，由學者而傳於群眾，則以難為易，以易為難，遂使暮氣畏難之中國，畏其所不當畏，而不畏其所當畏。……」大家都不在實際上用一番苦幹的工夫，都想避難就易，晏安居樂。中山先生雖然在首創知難行易說後一再

以「人生以服務為目的」勉助國人，但是朝野上下之泄杳仍如往昔。在二十四年，蔣委員長曾頒佈人民服工役辦法，旨在使人民對於國家之建設事業予以實際之協助。同年二月十八日又在南昌勵志此開幕時最勉同志注意時間，不斷努力，堅定志節，砥礪品行，促進德業。而其中最精萃之點，乃在提示，「當前革命建國之要務，在義成勞動服務習慣，提高服務之精神。」一般的人所需要的勞動服務意義的提示，尤其是久已理沒了的勞動與服務的精神，到今日才有重新更生之象。而以後所有新生活運動服務國的二十一項工作，以及國民勞動服務等的諸設施等，都為了這篇簡短的講演而開展了。雖然這種提示是本著中山先生「人生以服務為目的」的原則推演出來的，但是依慮現階段的情勢而論，乃是由近年來外侮日逼的，埋頭苦幹的精神孕育出來的，否則，沒有外力的鞭策，即是由在上者提倂出來，也會如過往一切政策似的，只是一種方案，口號，宴假而成了空幻。

中國素以農立國，近年來雖有新興的民族資本的苗芽，但是中國整個的社會，這是免不了逗留於農業的階段內，占全人口中百分之七十五的農民數千年來都是克勤克儉胼手胝足以為生活，因而中國社會以古模見稱於世。須知近年來國勞陵夷，農村破產，人民即胼手胝足也不能免於凍餓死亡，於是勤儉生活，一雙而為世界人類中最悲慘的生活，古模社會，一雙而為黑暗痛苦的社會。然而都市之中卻反暴於此，不單是表面懸著畸形的發展，而一般人們的不勞不動，驕奢靡侈，與農村相比較，真有天堂地獄之別。勤勞者不得生活，不勤勞者反得晏居安食。如此，農村為得不崩潰？都是又焉得不為罪惡的洞數？人心敗壞，社會紛亂，國勞凌夷，自是必然的事了。為了要矯正此種斯喪民族生機的結，提倡勞動服務正是對症的良藥。

勞動服務與人生

「勞動」二字早已是人所慣用的名稱，但是一般人對這名稱的解釋，每每是為了慣用而含糊不清。所以說，一般人對於「勞動」二字的解釋，

不是把他當作普通含義的名稱，便是不免落於偏激的窠臼，只立於階級鬥爭的立場上，純認為勞動力是生產所不可缺少因素，而是依存於一個人之中的心智的能力和肉骨的能力的總稱。或則乾脆地認為「勞動力」（Labor-Power）在資本主義制度之下是一種商品。所有「勞動力的價值」（Value of labor-Power）也和其它的商品價值一樣，是以其生產及複生產之社會必要勞動時間來決定。或者如波格連諾夫（A.Bogdanv 1873-1928）以為勞動和勞動者純然是構成集團主義的社會意義的主要成分。其實這樣的解釋勞動和勞動力，不是我們當前的中國所需要的，因此，下面便想後中西字源的意義上提示出我們所需要的含義，和他給與我們實際生活的影響。

後中國字源上來解析「勞動」二字，那不但是對於當前提倡的人民服工役和勞動服務有關，即是中國全部歷史，也有不少的偉是由他的含義而推演出的。關於「勞」字，《爾雅》義疏云：「說文，勞者，創也，于易坎為勞卦，流而不盈，行險而不失其信，可謂勞矣。于人自力為勞，人勸勉之亦為勞，故勞兼『自力』與『人勉』二義」。王氏說文解作創也。雖然字形常為學人所不解，但王氏已解作用力者勞。段氏說文釋勞曰：「力者也，筋肉之力也。筋肉其骨，力者其用，非有二物。引申之凡精神所繫者皆曰力，所謂像人筋之形者，像其條理也。」後歷代文獻中的使用上來探察，《易經》上的「說以先民，民忘其勞」。和《史記·屈原傳》中的「勞苦倦極」，都是言用力創甚的意思。《禮記》上的「先勞而後緣」，是言事功的意思，《左傳》上的「叔孫昭之不勞，不可能也」。是伐功之意。再後「動」字上說，動是與青和對待的。《爾雅》義疏說：「動，作也」。作有奮起之意。故動又訓發也。生也，行也，變也，搖也，移也，均緣作起之義而生。後字源上所訓出的意義，「勞動」兩字在中文是「力行」，（即自勞與自力）。與因人勉而勞動（即受命令或勸導而後事於曦役或服務），及奮鬥的意思。再後歐洲文字的字源上說：勞動在英文為Labor在法文為Laboures在拉丁文為Laborare單純的用作名詞時包含勞心勞力（Physiscaol or menfaToil）（乙）勞動者（丙）勞動或工作之

事（An act of Ladoring）三種意想。但在表示動作時，除了表現勞動時本身所發的行為外，而影響及於號與物時，均表示出「力踐」「力行」，（to form puferm）和刻苦力作的精神（Elborte），中西的「勞動」字源的含義是在自勞自力，人勉，和刻苦力作方面，這樣，「勞動」所發生的力量對於人生不消說是偉大的了。勞動與人生是不可須臾難的。整個人類的歷史，都是若干年人類不斷勞動結果。但是人們——尤其是文化史家——每每忽略了這點，常常抹殺了事實而用抽象的思想或神話一類的微候去解釋人類過去的勞動功績。然而我們試一細溯到人類的原始時期，便可知道原始人的生活源純然是由勞動而來，所有的人都是因勞動而生存，沒有誰是不勞而作，如果他們不去力行捕獵，採果，他們便不能解決食住的問題。後來由石器時代進而至銅器和鐵器時代，所有在衣食住行方面獲得的東西，都是由人們若干年繼續不斷努力的嘗試和努力的結果。雖然在蒸汽機發明後，接連又出現了各種出人意料之外的機器，雖然新奇的機器減少了勞動者的數目，但這樣並不足以否認人類的勞動力量，不但說新奇機器的發明是經過了許多天才者若干年繼續勞動的結果，即是說在技術上也還不能推掉勞動者，而所謂機器人的實現，也還難不掉人類的勞動力，即是說後那一些土地資本與勞動三者作為生產過程要素的那時資產階級理論，到資本主義第三期的技術政治家，所標榜的由發明（Discoery），監視（Wafchfulness），自然能力（Nafural forces）所形成的生產過程的要素，都是忽視了那一些要素，是由人類的勞動積累而來。因為勞動過程會將垂直動物變成人類，而創造了文化的基本頭緒；如果把若干年來努力求生的兩足動物的勞動過程抹殺了，使用著抽象或神話的方法去解釋人類在歷史上造就的偉大功績而歪曲了事實，只有使人們逗留於萬有節時而停滯不進。勞動既與人生有巨大的關係，繼承祖先偉大文化遺產的現代人，須知大千世界中的動植礦物都在為了個體的存在而不絕地勞動，誇張為萬物之重的人類，茲茲幹幹地努力勞動以發展人類的文化，那是刻不容緩的事實。

　　至於服務呢，那是與勞動是不可分離的，勉強的分論。可以說「勞動」是「主」，是「因」，是「方法」，而服務是「寶」，是「果」，

是「手段」。關於「服」字。《爾雅》說：「怡快悅欣衍喜愉豫懷康婉般，樂也。悅快愉釋實協，服也。服也。」由此可知「服務」，在中文訓為喜樂之意，而不論為自力的勞動或人勉的勞動，均願樂意以服務的手段出之，並不限定何種對象。同樣在歐洲文字中，服務二字之英法文為（Serrree）而且均後拉丁字（Serir tsum）而來。他的含義是（甲）為他人所屬的職責或義務，（Duy fore or repuued.Labor performed for anothe）（乙）服務之行為（Aot tfer Serning）（丙）作有益之事（Usefuloflce）等等。這樣把勞動服務連接起來，不論是否後字義上說勞動與服務同為人生所必需的。人生沒有勞動。便沒有生活可言。人生的勞動而不是以服務為目的，即使暫進可以平和過去，若至末流，不免要成為以掠奪目的勞動，免不了形成階級鬥爭或劇烈戰爭這是應試不喪的事實。

「勞動與服務」在中國歷史上也有不少的表現和事實，只是後來該史論史者，每每只皮相的盛稱先王之道，結果只剩一批堯舜禹湯文武而專習文章游談的人，而對於古聖先賢勞動與服務的精神，領會到他的精英的，真如鳳毛麟角。

中國周秦諸子著書，大半都是盛稱黃帝及舜禹湯文武時代的政治。但後史籍中考察，他們都是在自力勞動之外而為天下人服務。黃帝為了安定天下，不順者後而征之，平者去之，披山通道，末嘗密居。舜身為帝王，尚縣城茅次土階，與世同甘苦；並又極力治水，為民除害，均足以表現勞動服務之精神。禹奉舜命治水，為人敏給克勤，又傷先父係治水無功被殺，乃勞心焦思，居外十三年，三過家門不敢入，胼手胝足，薄衣食，身執未歃以為百姓先，高高下下，疏川道滯，卒將水治平。湯武在湯誥中說：「毋不有功於民，勤力酒事」。更攀出「禹舜泉陶久勞於外，其有功乎民，民乃有安」等語，以勉不勤勞善動的諸侯。文王武王也都是以身為天下先，處處在為民謀利除害，為了勞動與服務的結果，然後才能獲得民眾的愛戴。如果他們像夏之災惑女寵，奢事營造，糜費飲食，枉戮忠良；像殷紂之嗜酒好色，作淫聲靡樂，厚賦斂，專事狗馬奇物，純全不為大服務，而只要人民供他享樂的犧牲，一點也不值後世的稱讚領法。如果說，

儒者只口舜而行紂，或者空談漫，是為人所看不起，免不了如桓寬在戰論上所嘲罵似的：「文學哀衣博帶，竊周公之服，鞠躬踧躇；藉仲尼之容，議論稱誦，藉商賜之辭，刺論言治；竊管晏之才，心卑卿相，志小萬乘；及授之政；昏亂不治。」意思便是要人坐言起行，本先聖實幹之精神，為社會國家而勞動而服務。

《易經》是被孔子譽為一部言治亂的哲學書。然而易經的「易」字，敝雞下曰：「文也者，效天下之動者也。」故孔穎達論易名曰：「易者，變化之動之總名，改換之殊稱。自天地開闢，險陽運行，寒暑迭來，日月更出，孚萌庶類，享類萃品，新新不停，生生相續，莫非盜變化之力，換代之功。」所以《易經》可以視作中國哲學史上，一部最古的講「動的哲學」的專書，後「天行健，君子自強不息」一語便可以決定人們的行徑，由此以觀，古來聖賢和偉人的行徑都是受了這個昭示，面「新新不停，生生相續」的國家而勞動而服務。我們雖然不敢武斷說孔子的「君子以行言，小人以舌言」（孔子家語，顏回孔子語）。

「君子其言而過其行。」「敏于事而慎于言」「君子欲訥于言而敏於行」的語是由《易經》的「動的哲學」演變而來，但孔子的行徑始終是在服務於思想和社會國家方面努力。他生當春秋之世，變亂無常。當時王綱不振，天子下堂，列國爭強，諸侯借分，因此，他一生周遊列國群察治亂與衰所在，企圖撥亂反正，然有一個機會把他的政治主張實行起來。昔日所謂「席不暇暖」，正是表現孔子的勞動，也即是反應了他為天下人服務的精神。即是後來被人視作儒家而又被認作非正統的荀子和在明末的顏習齋，我覺得他們的實幹思想和動的哲學，也還是後孔子和周易的哲學思想蛻變出來的。荀子的堅苦不拔的精神和非命的思想，在孔子以下的儒者中算是最卓絕的理論。他在書中所引孔子子貢開於學問的對答之語，頗露出為學至死方休（即實幹到底）的精神。在天論中更進一步的「非命」說：「天行有常不為堯存。不為死亡，應之治則治，應之以亂則凶。」因為堯存死亡，並不在天。所謂天也者，乃是與人事無涉。即水旱貧富禍福之來由，都可作如此觀。荀子的機承儒家入世的精神，此孔子的所謂「畏

天命」的話在思想上更加進步而超於實際。他的弟子韓非李斯而能將其師的學說應用到實際政治上，算是開展了實幹人物的先河。荀子以後的若干年中習文學言談的儒者早已是坐而不動，還加上佛教的思想，等於把活人變成死人。直到時末，才有顏習實以「動的哲學」，反對宋儒的「存理去欲」認為宋儒的理論無是教人「求靜去動」。顏氏主張動的哲學是由古代實幹人物的行經嬗變而來。他說：「三皇五帝三王周公皆教天下以動之聖人也，皆以動造成世道之聖人也，五精之假，正假其動，漢唐變其動之一二以造其世也，晉宋之苟安，佛之空，老之無，周程朱邵之靜坐，徒事口筆，皆不動也，而人才書矣，聖道忘矣，乾坤降矣。」所以他說：「一身動則身強，一家動則家強，一國動則國強，天下動則天下強。」都是本著古聖先賢的實幹精神（動）以糾正靜而不動的惡習，目的是要使天下國家的人都能為國家社會而勞動而服務。

此外，那被孟子罵作無父無君的墨子和他的門徒，他們算是中國哲學中，有理論有行動的勞動與服務的實行家。後墨經中有好歲這事可以證明他的勞動與服務的精神。第一他自以農夫皰人相比主張君王也應勞動服務；第二他對於聽言用道的君王甘願度身而衣，量腹而食，比於賓萌，連官都不願求；第天墨子弟子，都是手足胼胝，面目黎黑，役身給使，不敢問欲於墨子。故弟子等皆赴湯蹈火，死不旋踵；第四墨家兼愛，摩頂放踵，利天下為之；第五，墨子學說主張事事自為，被荀子和儒家明斥為刑徒役夫之行經的地方便是大禹為人服役的勞動精神。故墨子稱道古來實幹的人物，尤其對於大禹治水時的親自操藁耜，而九難天下之川，腓無胈，脛無毛，沐其雨，櫛疾風，置萬國而形勞天下的精神極端的稱道，所以墨子之徒只要做到他的目的，總是「日夜不休，自苦為極」，以裘褐為衣，以肢躍為服。其它一切便非所及了。更是他以「勞作」為人禽之分野的表示，因為「人固與禽獸鹿蜚鳥貞蟲暴者也。今之禽獸鹿蜚鳥貞蟲，因其羽毛以為衣裘，因其蹄蚤以為袴履，因其水草以為飲食，故雖使雄不耕稼樹熟雌亦不紡繼織任，衣食之財，固已具矣。今人與此者也，賴其力者生，不賴其力者不生」。（非樂上）故爾人們「必竭股肱之力，稟思慮之

智」，「各後事其所能」，「各因其力所能至而後事焉。」充分說明勞動是人的本分，因此由勞動而產生出的服務，自然即是摩頂踵放，利天下為之，也願後事了。可惜歷來的君王都不能在勞動服務方面以身先民，一味的加緊奴役人民以供其奢用。而一般嗜墨之徒，也只是以墨學為詭辯之學，再加以政額的反對，儒家的攻擊以及歷代君主的崇儒，自然門人「摩頂放踵以利天下」（勞動服務）而沒有權利的墨學，不得不逐漸衰亡而致於湮沒不彰了。

　　除了上述的文獻以外，中國歷代政治上也呈現了不少勞動與服務的實例。最原著的如寓兵於農，還至黃帝時，也是人民勞動服務的表現。再次如夏禹之治洪水，史記載執耒歐而為人民先，甚至排無趺脛無毛更可以明白的表示出人民與為政者，都在勞動與服務方面共同努力以期完成人類共同的幸福。再如秦始皇發卒三十萬修建防匈奴的萬里長城，漢武帝發卒數萬修龍治龍首渠白渠，隋煬帝微工修運河，宋仁宗朝發三十萬丁修理商湖河故道，元朝成宗發汴梁丁夫三萬塞黃河決口，元順帝時發民十二萬，軍二萬堵塞山東河道決口，明永樂年間發丁夫十萬於中灤下開葛黃河，都是人民服工役於國家的實例，啟不是就等於今日的國民勞動服務嗎？但是，可惜這些勞動服務的精神，因為政治，良窳不齊，以致逐漸地消滅而至於漸威。萬兵於農的初意，本是為了民族與國家而勞動而服務，故周官實行「凡食土之毛者，除老弱不任事之外，家家使之為兵，人人使之知兵。」（馬端臨文獻通考六考篇）像這樣之兵，進可以捍衛邦家，為國家勞動服務，退可以後事生產事業，為本身及社會後事勞動生產。然而降至後世，士歲工商末技等四民平時不識甲兵，只知爭名爭利。「而所謂兵者乃出四民之外，故為兵者甚寡知兵者甚少，一有征戰，則書數驅之以當鋒刀，無有休息之期，甚則以未當訓總之民而使之戰，是秦民也。」（同上）像這樣，古代所謂不專尚作戰，而且為國家社會勞動服務的精神完全喪失，只不過用作帝王爭戰的犧牲品。直到唐宋實行募兵制以後，兵與民更分為兩途，只是為國家多增加負擔而已。同時關於人民臨時為國家社會的建設而勞動服務的事也逐漸變成職業，雖然在明清的數百年內也有以工代賑的方

法，但是人民並不是為勞動服務而工作，只是為了生活。這樣，不但國家喪失了人民服役的政策，而人民決不會知道應有對國家服工役的義務。更是唐宋以來，邵古代所有人民服工役的勞動與服務的精神，和政府對人民的勞動服務的事實，已經是一代不如一代了。春秋戰國以前的勞動與服務的精神不是那一方面絕對的，所以人民為國家服工役，而國家替人民謀幸福，所謂「先民以勞」便是這種精神。然而春秋戰國時代因為卒雄割據，爭戰不休，人民也無非在強力之下被迫的實行著所謂勞動與服務的工作。像這等役於官的人民「在軍旅則執干戈，與土木則親畚鍤，調徵行則負靶，以至追胥力作之任，其事不同，而皆役於官者也。役民者逸，役于官者勞，其理則然。……後世乃虐用其民，為鄉長裡正者不勝誅求之苛，各萌避免之意，而始命之曰戶役矣。唐宋而後，下之任戶役者，其費日重；上之議戶役者，其制日群。於是曰差，曰雇，曰義，粉紜難農，而法出女生莫能禁止。……」（馬端臨文默通考職役書。）差役本是古法（即人民須為國家服役。）或以起軍旅，或以營土木，但使民以時，王制所謂歲不過三日者，便是在不勞民上著眼。後世的差役，每為官吏所操縱，成為剝削民眾的苛政。因為差役不公，漁取無藝，故轉而為「僱」，而弊在庸錢白輸，苦役如故。轉而為「義」，而弊在豪強奪制，寡弱受凌，故復反而為差。

　　直到北宋時代，政府於租賦之外，對於人民還有力役的徵求，政府一部份事務全以[役]的形式加諸人民身上，這便是那已失勞動與義務之精神的差役因為北宋差役是繼承五代制演化而來，名目有衙前裡正戶長耆老弓手壯丁等，但因只係中小地主，官戶形勞戶坊郭戶單丁寺觀女戶未成丁以及為人耕種的佃農都不出役，因此造成差役負擔上的不平等。直到神宗時代，王安石始實行免役法，才以免役（募役）代替差役，此種精神在把差役後少數人的身上加到大多數身上。以多人的金錢負擔代替少數人的力役，不但後前的出役戶要出銀，就是後前免役的官戶形勞坊郭坊單丁寺觀女戶也要拿銀。此法不但解放了當時被壓迫的農民，即至明清也沒有差役的實行，算是造端於安石。只可惜的，一般君主因為不善於使用民力，不

使民以時，每至奪民以時，而奴役人民以事奢淫娛樂，故喪失了三代的勞動服務精神，而一般官吏們，不論對於差役或募役都是作威作福，在暴虐以奴役人民之外，尚且文貪中飽。所以，要在損稅繁重的今日，而要普遍的實行勞動與服務，每每被人民視作借屍還魂。此如四川去年匪患之後，便實行徵工以修築川陝公路，人民便怨聲載道。後經蔣委員長筋延數月，改於秋季實行。其實現在所提倡的人民服工役辦法，已經是將三代的精神加以近代化了，並非是要加重人民在經濟上的負擔，而是要企圖利用義務征工的辦法以後事于國家的建設。只是在實施時的方法，應有縝密考慮之必要，否則，為政者的制度雖是盡善盡美，而經過了下屬種種的，不免變成了「苛政」與「虐政」。

近數年間，政府因為銳意在經濟困難中後事建設，由於領袖們埋頭苦幹的精神，人民對於政府的苦心頗能深澈，故蔣委員長的人民服工役法的條例之頒施，實為當前刻不容緩的事。在人民服工役辦法未實施以前，江西省府熊主席，對於修築飛機場已在各縣實行徵工遠數萬人以上，撫州宜春港的完成也純然是全民農勞動服務精神的表現。他如江蘇徵工浙江省府征工開墾荒地，建設公路，振興水利，實行造林等，都是復興勞動與服務精神的一種新實施。

歐美各國勞動與服務之實施

中國近數十年來的各種建設多半是借鑒於歐美各先進國和日本。現在提倡勞動與服務，對於他們勞動服務的精神和實施後，也是值得借銳的。自然他們是以不同的姿態出現於今日亂動的世界，但我們為了借鑒，也是以中國本位為目的而去評價一切。

在歐美大戰以前，歐美各大國都競相以和平作幌子而遂行備戰的勾當，直到戰後，無論是戰敗的聯盟國或戰勝的協約國，也同樣的利用著和平幌子而秘密地準備第二次世界大戰。所以，在大家爭以和平標榜，而又大家鉤心鬥角地企圖擴展軍的情勢下，勞動服務便成了他們唯一的利用

物。其實，他們都把勞動服務的精神抹滅了。只為了準備戰爭而實行者強制勞動。

戰後的蘇俄，是以「各盡所能，各取所需」相標榜，所以在種種設施上都企圖使全俄人民實行生產的勞動。為了教育和藝術宣傳的力量，漸能由強制生產勞動，變而為習慣，漸至自然而然的需要勞動了。像他這樣的努力使全國人民生產勞動化，倒並不足以使各帝國主義者驚駭。而將勞動服務使用於重工業建設及兵倔建設，乃至企圖全人民都為俄國本位而努力一點上，倒使他們咋舌。但是他們以主義作掩護而否認一切，將現有的勞動服務問題解作為主義而犧牲而努力。對於別的國家的勞動服務的事則認為是軍國主義者利用以代替資本主義的「雇傭勞動」。而認定他們最後的目的便是準備戰爭，無非是想利用勞動服務以完成軍需工業生產的幹部，無非是為戰爭開始後準備著一批候補的炮灰龍了。然而，後實際上去考察新俄的設施，也並非全然為了和平而後事生產建設，所有重工業的設置，和對於青年男女的軍事訓練，也並不能否決他沒有備戰的企圖。

戰敗後的德意志，對於複分尤其有全國一致的敵愾心，即使有著凡爾塞條約的限制，他也完成了不少變相的軍事設備，所有戰前的生產技術，而今仍然是保持著光榮的一頁。直至希特勒執政後，他的反凡爾塞條約，不單是迎合了在壓迫中的德國人民，而且那在戰前的軍國主義時代的光榮之再生，已經在朝野人士的憧憬中。希特勒為了復興德意志而後事建設，他在德國內實施的強制義務勞動是後多年各業實行的「自發的」義務勞動產生出來的。他更為了貫澈預期的目的計，會將此項計畫列入他的「四年計畫」中，而且把歷來國家社會、蓓教同盟、社會民生、國旗以及鋼盔所組織的「自發的」義務勞動在國社獨裁的局面上統一了。

關於德國所實行的勞動服務，很引起各國的警示，尤其是協約國方面，總認定那是變和的軍備組織。一九三五間，柏林勞動服務宣傳處出版科，會奉到員警司令穆勒布蘭丁堡的訓令，大意說：德國這種具有偉大價值的勞動服務，再三全國正按步實施計畫妥當，其結果具有重大的國民經濟價值，對於人民是有很大的裨益。勞動服務乃是德意志青年的創造，因

為這些青年深知一九一八年至一九三二年為馬克思國際民主主義的猶太人
所操持的政府的矛盾，因而對之不滿，各自起而作劇烈的反抗。當時黨派
分歧，各黨都知道勞動服務的需要，於是大家都努力地作工。他們大家如
此努力的工作，也無非是要避免不幸的失業問題，同時也可以鞏固黨的勞
力，所以大家都付出自己的生命力以建造所在黨的生機。當時全國不論老
幼都後事於工作，雖然工作並不需要此等老幼的人，但大家為勞動精神所
貫注，個個都企圖獲得最大的勞動代價，因此，在國內成了一種勞動的風
氣。在兩三年前，國社黨與鋼盔黨會專心致力於勞動服務運動，因為他們
當時深知勞動服務有國民經濟和禮儀的價值，故連動日見擴大而力量也日
見增厚。直到一九三二年的近二三年內，勞動服務運動顯著極大的擴展。
總計已有二十五萬青年男工分配於一千五百個工廠中工作，完成國社黨的
任務。

　　一九三四年，希特勒為了統一青年的思想和行動，免致無知青年受
各黨派的引誘計，曾竭力改良勞動服務運動，用合理的新方式加以整頓，
指定專人領導，將以往無組織與左右無定之思想根本剷除，集中各人的觀
點共同推進，現在已沒有後前黨派紛歧的現象。他的企圖是要使德國人
民世世相續的「為德國服務」在國家指定的範圍內，避免後事自由企業的
習慣，共同刻苦自勵的完成公共事業的建設。他們勞動服務的主旨，道德
是在經營本國的自然賦興。意思便是先改良德國各地人民的有用土地，若
能設法灌溉三分之一的農田，勞動服務的成績已經算不小了。其次便是實
行大規模的農民移墾，將農民分居各地以墾鬆各大城市的田地，他們的目
的，也便是要以勞動服務作為國社黨的先鋒，在預定計劃中發展著破產的
國民經濟，所以近年來希特勒又創辦了「自動勞團」，企圖用強制的方法
使全國青年男女一致參與而在主張女子回到家庭後又來一種自動團的組
織，頗與專以男工為主的勞動服務趣，因為這團體在企圖救濟失業人員和
以希特勒主義訓練青年外，還想利用低廉的資金以完成巨大的工作，所
以，不單是十九歲到二十五歲的青年男子須得到築路隊或勞動營去，即是
同年紀的青年女子也必須到田間或灶間去工作。正如希特勒所說似的：

「將來總要辦到這樣，凡是不先在勞動營裡工作過相當時日的人不能認為有選擇權的；德國人民實行社會主義不單是在名義上或理論上，我們要在事業上實行才是，我們要養成一種共同生活的精神，用手的勞動和加種勞動是同樣的高尚，因為國家社會主義的真義並不在把持政權，他的目的是教育民族和訓練民，我們相信只要有不屈不撓的意志，我們的理想終究會獲得最後的勝利。」

因此，不論列強是如何的岐視著德國，希特勒之注意於義務勞動底，決心是不變更的。他認定他是解決失業恐慌，加緊軍事訓練，後興民族精神，完成國家建設，及解脫凡爾塞條約的唯一途徑。實行只有短短的數年，成績卓著，在失業方面，後全國七百萬失業的人口，減到了三百萬；在生產方面，每年紡織工業及縫紉貿易，增加到了三千四百萬馬克，森林及木料工業，增加到了一千二百萬馬克，而食料工業，竟增加到了五千萬馬克。這雖然是有多方面的關係，然旗子行義務勞動卻是他的主因。

與德國同遭慘敗的保加利亞，他比德國更早的實行勞動服務。他在十三年來，繼續實行著強制勞動服務。除了迴避著和平條約的軍事規定而在義務勞動的掩飾下實施著嚴格的軍訓，以養成堅強有力的預備戰鬥員外，他這十三年來不但由義務勞動所收的實效，沒有那一個國家及得上他，而且全國青年多已養成了守法奉公，堅忍刻苦的精神。保加利亞人民服工役法制是在一九二〇年的由首相亞力山大，斯但布力斯（Alexarder Stambulisky）提出而由國家正式通過採用的，該法制規定：「每個到達額定年齡的青年男女，必須參加工役，為國家實行勞動服務，男子工役期間規定為八個月，女子工役期效男子少四個月。但不論男女，如果為了特殊原則，工役期還得加以延長。史氏認為保加利亞在外債壓迫和和約的軍事限制之下，國家如能實施強迫工役制在經濟和教育兩方面都會獲得很大利益。青年們應該先將私人的全部事業放棄而在良好的指導者及縝密組織之下，後事於各種公共事業的建設。這樣不但由戰爭所破壞的國家可以迅速地重新建設起來，而國家的財富也可以大大的畜起來，再如果站在教育的立場來說，強迫工役是代替了歐戰前的兵役制，在施行工役制時，一方面

固然可以將兵役制所施行的體育和紀委訓練保存著，別方面給予國民每人以一種工業技能。「正如在工役法規裡所規定的工作範圍似的，後那些建築道路，鐵路，運河及河堤，建築市鎮及各大建築物；導河，開發湖沼，安置電話電線，製造建築工程所需用的各項材料；造林，開墾屬於國家或各系的荒地；植果種菜，養蠶，養蜂，養牧牛羊，捕魚，在礦山及工廠裡的各項工作；食料之儲藏，製造等等；都可以隨伴著實生活的體驗而使每個國民都具有一種工業技能。

　　據曾經參加強迫工役的保加亞的青年學生楚加諾夫（Boyan Chonhanoff）所發表的文字中，可以知道一些比史氏更實際的情形；因為史氏僅提供了工役制的原則，而楚加諾夫所陳述的卻是實際化了的原理。他說在保加利亞每年約有四萬五千青年負責去做那些規定的勞動工作，其次更約有七十五萬成年人和七十萬學生做著國民工役以外的十天以上的短期工役工作。學生們的成績雖不甚好，但他們常把廢物改變成有用的精神是極足令人欽佩的。關於年齡較大的學生，派給的工作是作為課程的一部分，無論是在圖書館或實驗室，無論是開掘古物作為研究考古學的材料，所得的都是勝過了書本。短期工役的學生也後事於社會建設的工作，比如那因經費困難而不能種植松樹的童山濯濯的山莫加夫（Samokov）城外的山野，因為每年春秋雨季都有十二歲到十八歲的男女學生到那兒去從事一星期的播撒松子工作，到現在已蔚然成了座很大的松林。更是從國民工役制度以來，很多城市村鎮均被測量過，街道已改成平坦寬闊，自來水管已裝置到各鄉鎮村市，橋樑道路學校圖書館多處均已建築，多處的河堤均已加高建築，引導河水灌溉荒廢土地，培植森林，改良公共事業等均已獲得了相當的效果。

　　保加利亞在國民工役和男女學生的短期工役之外，更設有「少年勞工團」，團員的分子還是學生，他們在帽子上佩戴著「為保加利亞而工作」的團徽。這個團體是軍事化的，大家都穿著制服，入團時又須鄭重宣誓衷心於「國皇和國家」。既有了這種為國家服務的精神，現在保加利亞有很多偉大的工程是由勞工團員造成的。在水利方面，他們會在黑海旁建築了兩處海港，後那裡可以直達到往昔結冰時便與外界斷絕交通的地帶。從前

河水狂急而常使兩岸園地村落遭受災害的亞高斯塔河，現由勞工團加以疏溶，一點災害也沒有了。在短期內會將依斯加與維德兩河之間的一大水澤的水量導往多瑙河，而將那地方改為四萬方頃的肥美良田。在交通方面，勞工團因為鑒於四十年來僅由國家建築了一千二百里的鐵道，所以關於建築全國鐵道線的計畫已成為勞工團的主要工作。除了平地的交通外，高原山道的交通路的建設，已經顯出了偉大的功績。比如說，處於巴爾幹山脈間數百處無鄉村道路的幾百外鄉村市鎮，因為勞工團建築了一條橫貫巴爾幹山脈之西而直達於黑海東部的大道，因而那些平日處於荒僻地帶的村落都可與其它各部聯合起來。關於救濟災難者方面，勞動團會在他們指定的墾殖地帶方面替他們推進不少的工作。

保加利亞在戰後是個經濟恐慌的國家，國民工役制是普遍而且帶有強迫性質的。雖然遭受了不少國內外的反對和非難，但是而今還是嚴屬的施行著，只因反對而將原定的一年工役期改為八個月罷了。在另一方面，那以保加利亞整個民族利益為前提的少年勞工團，他們不單是花費了少數的錢而建造出偉大的工作，而且他們還在國家工廠內製造衣服和帽子供給他們自己和員警以及國家的雇傭人員之用；他們管理著很大的果園和菜園，保存著出產品留作冬日之用。他們不但是不花耗國家的錢財，而且他們的種種活動是使國家能獲得經濟的利益，在事實上，今日的勞動每年都能替國家獲得數百萬元的利益而成為國家的一種經濟來源了。現在保加利亞施行工役制的目的和意義已超乎勞工意義的範圍了。工役制已成為社會紀律訓練的學校，工作者在工作時不覺得他們是為著他人工作而是為著自己工作，因為現在他們每天行走的道路是他們自己所建築的，而他們站著的土地是由他們的兩手開墾出來的，這樣只有從工作感著快樂，沒有什麼痛苦可言。

上述的保加利亞和德意志，都是被和約軍事限制，（希特勒之撕碎凡爾塞條約乃是去年的事，在這之前是不自由，只有偷偷的進行一切。）所以免不了在勞動服務上帶著單事性質。但是這兩個國家又同是在苦難中掙扎，「忠於國家」，「為國家服務」等口號便成了同一的目標，而預期的國家建設，也便要藉勞動服務而完成。

　　至於其它的國家，如英國，奧國，捷克斯拉夫，匈牙利，瑞士，瑞典，加拿大和美國所實行的強制勞動，根本是為了救濟失業的工人，採取著以工代賑的方法，取德國的強制勞動營舍和建設公共事業為藍本而在慈善的假面之下試行義務勞動，否則就連救濟也被剝奪了。如美國模仿德國所組織的「保護森林市民軍」的組織，便是以「森林工作」為名，而從十八歲到二十五的失業青年創設二十五萬人的軍隊純然是為準備太平洋戰爭。至於日本雖然沒有類似勞動服務一類的事實存在，但日本帝國主義者既在冒險的擴張殖民地與市場，那與英美由嫉視而引起的戰爭是不可避免的，自然不得不利用低廉的工資以從事於軍需工業的發展，從日本勞動者低於上海的工資一點上來看，不景氣的日本與英美帝國主義者似的同是在預期的目的中，企圖以低廉的代價完全成偉大的設施。

中國今日所需要的勞動服務

　　那麼，我們既知道了中國歷史上和歐美各國的勞動服務實施狀況，中國今日究竟需要什麼樣的勞動？又需要怎麼樣的服務呢？

　　各國勞動服務實施的狀況既各有不同，像俄國，他實施的全國勞工制，用不著再特別提倡什麼勞動服務，因為全體國民的勞動也便是為國家服務，而所建設的一切也便是俄國本位化的。像德國和保加利亞，他們一面是利用強制的勞動服務在經濟困難下建設一切，而在另一方面也便有規避和約的軍事限制而從事兵員的訓練和準備。其它如英美及瑞典，瑞士，捷克等各國，都是為了失業人數的龐大而祇強制的勞動與服務，勞動者為了失業而不得不甘受強迫而走同勞動營舍。（多半是帶軍事性質，有的且全是，如美國的森林市民軍是。）那麼，我們中國須得實行怎樣的勞動與服務呢？我覺得應該是：（甲）使不勞動者勤於勞動；（乙）使不服務者勇於服務；（丙）使勞動與服務打成一氣；（丁）使用勞動與服務以復興民族。

　　因為「功則善心生」，「不勞則噁心生」。過去中國之紛亂，由於人之「不勞」，更在於大多數人之「失勞」，所以連年赤匪之得以肆其兇

焰，漢奸之甘於為少數金錢而出賣民族利益，即是利用「失勞」之人，乘間抵隙，以亂人心。故政府復興農村，利用政治以收拾人心之計行，匪眾之勢即戢。現在雖然剿匪方略已有成效，但失勞之眾，尚逼見於全國農村之中，假如不能盡得勞其勞之機會，或勞而仍不得生活，則農村不安仍如故，自然更說不上繁榮與復興了。設不幸如此，則失之甲省者，又轉而得之乙省，都市之中，充斥著無數失勞於農村的群眾，而不勞之輩，仍可時刻企圖尋找機會以遂其畸形的發展。苟安的人們，每每視此為自然現象，殊不知蛆蛀正蠹蝕於腳下，等到都市病象大顯，農村已崩潰無餘時，都市再欲自救，已經是不可能了。所以說，都市與農村之於國家，好像頭與足之於人身似的，頭大足小，其何以立？農村亡而都市不能倖存，尚幸中國禍亂未全蔓及都市，不然，真無以為計。止亂在安定人心，安定人心在於使人不失勞，勞而又得以生活，則人之身心皆有所養，亂之念無以萌，然後社會才可定定。現今在公共事業方面實行人民服工役，應使農村都市平均，因在原則上雖未限定都市與農村，但其原則的性質，適於都市者少，而適於農村者多。這種雖屬自然比例，但我們甚望對於都市另有進一步之規定，免得居都市之人，不致偏享輕然。同時，都市中需要建設而未建設的一切事項，也可從而建設起來。因為這等人未當勞力，即不是坐食之徒，但其勞動也還不及導農村的人，所以，浮薄淫靡的人心，起源於都市而又熾烈於都市。只要在農村與都市間造成勞動的風氣，使人大家動於勞動，再逐漸由動於勞動而勇於服務；再使勞動與服務打成一片，免致勞動者只成為偏枯的勞動，對於國家沒有一種服務的精神，有了勞動與服務的普通實施，民族復興自然是不生問題的。因為在這非常時間之今日，我們也應如德國似的，應頒佈著一種勞動法，規定不從事於勞動服務的人，不能認為他是一個國民；也應如保加利亞似的，在戰敗後的內憂外患中奮鬥，利用著勞動與服務以從事於國家的生產建設，同時更養成青年刻苦耐勞的精神。因為天助自助者，世界上無論那一個國家民族，除了靠自己的力量去發奮圖存外，是沒有旁的方法可以復興和救亡。我們應該認定中國本位化的勞動服務底目標，不計毀譽的苦幹下去。只要是能發奮圖強，埋

頭苦幹，即水旱貧富禍福都不足為患，正如荀子所說似的：「強本而節用，則天下能貧；養備而動時，則天不能病；修道而不貳，則天不能禍。故水旱不能使之饑渴，寒暑不能使之疾，妖怪不能使之凶。本荒而用侈，則天不能使之富；養略而動罕，則天不能使之全；倍道而忘行，則天不能使之吉；天有其時，地有其獻策，人有其治，夫是謂之能參。舍其所以參，而願其所參，則惑矣……」荀子所謂參的話，便是說人能治天時地利而用之，一切都不是問題。所以說，事在人為，而勞動服務的普遍實施，尤為復興民族的當前急務。

勞動服務與新生活運動

上述的可以說是一般的勞動與服務，內容是包含人民服工役與勞動服務。關於這兩者，自然同是以勞動服務精神出之，但兩者出發的意義和實施的手段上是各有不同的。為了解釋一部人的誤解起見，現在便擬以已意試論一下他兩者而締結於新生活運動中的勞動服務。

從上文所述的中國歷代的勞動服務精神看來，在中國歷史上是有不少勞動與服務之成績。只為了歷代君主之不能善用，每每為了私家的享受而征工服務，再益以執行者的作威作福，乘機敲詐，人民當然痛恨著募役。民國肇造以後，因國事蜩螗，軍閥割據的關係，國家在法令上雖沒有明文規定人民應服工役的辦法，但各地軍團為了開拓地盤，為了剝削人民以完成割據的理想，強迫的徵工，徵夫，拉夫，幾乎成了普遍的現象。所以，在政府的徵工服役辦法沒有頒佈以前，即是中央政令達到的地方，也還是襲軍閥的故技，苛暴地奴役著人民。直到去年，行政院鑒於各地徵工服役有許多地方及應改進之處，因此，特參照過去利弊以及將來需要，制定各省市徵工服役辦法大綱十二條，以便各省因地因時，依據擬定辦法實行。這樣，多年來成為苛政的徵工，而今才有了正式的規定。

該辦法大綱十二條，規定各省市徵工服役事業是以自衛工程，水利工程，造林工程，築路工程為主。這四個主要項目，是以生產建設為前提；

尤其是自衛和築路工程，是和國防上有很大的關係。服務的時間，主在充分利用農隙工餘或假期，很與古者「不違農時」的意思想相合。年齡是規定自十八歲至四十五歲的壯丁。每年一律均須服工役三日至五日。（但自有殘廢不能勞作者，得予免役。）時間規定得不長，而又能普施於全體國民，較之軍閥時代，不假思索便可斷言並不是苛政。地區是限於職業所在地或住區十五里範圍以內（十五里以外者，應供給食宿。）人民便用不著有如秦始皇築萬里長城，隋煬帝開運河時的怨場了。

與徵工服役旨趣相同而實施方法各界的是新生活運動中實施的勞動服務。新生活運動的工作是在轉移風氣。但風氣如何才可以轉移？當然有待於推行。因此，在新生活運動推行一年後，蔣委員長提出的勞動服務，可以說是實施新生活運動的一種利器。因為他認定人生是應以勞動為本分，以服務為目的，才能算真正有意義的人生。尤其是，必要使人人能基於為國家為社會服務之觀念而勞動，才可以一掃中華民族往昔弛懈散漫的惡習，樹立堅強團結之風氣，以挽救國家當前的貧困與艱難。所以新生活運動的勞動服務便是要發揮「人類以勞動為本能，國民應以勞動服務為天賦」，勞動服務團所訂的二十一項工作，全是依照這個原則。

然而，一般人卻似乎忽視了勞動服務團全部的工作，也許只僅僅於它浮面的意義，而忽略了它內蘊的精神。因此，在工作上只是虛應故事，潦草塞責。須知新生活勞動服務團是為了推行三化方案而組織的，雖然本身的工作只有二十一項，但每項都是由三化方案的事項蛻變而出，如果沒有勞動服務精神的發揮，則新生活運動所具有三化精神和三化原則，只是一個空洞的方案，永沒有實現的可能。尤其是三化方案初步推行的一切，不僅是要使人發揮勞動的本能來協助國家的生產建設，而且是要克人類為社會服務的天賦，在物質的建設之外，從事於心理的建設。（精神訓練）比如說：新運精神中的軍事化與生產很容易為人所瞭解，而藝術化便是不易為人所瞭解。因為前兩者可以具象化，而後者卻是抽象的。如果沒有兩者的調和，新運不免成為偏枯，新運的理論不免被人視作玄妙之論。然而如何才能使勞動服務團克盡斯職？如何才能推動全團二百

四十八個勞動服務團？如何才能使勞動服務團發揮本功能，都是眼前急需要的問題。

　　我的結論是：征工股役是帶強制性的，主在特質建設，故而做出不少成績。新生活勞動服務團是自願的，主在物質建設與精神訓練（還不能說精神建設），全國雖有二百四十八團，四十萬〇七千餘人，但工作成績卻不十分顯著。今後勞動服務團如何的加強，倒是一個碩大的問題。否則新運的三化方案缺乏了一種推行的巨力，預期的目的很難實現的呢。

（編者注：原文刊載於《新運導報》 第七期1937年出版）

儒生之用

　　本來中國的文人歷來便沒有給人以什麼好的印象，固然歷代帝王都在天下太平時做些「文以載道」的工作，但是從事文學的人也只以文學為進身之階，正所謂「學優而仕」，而實際上只是做一種幫閒的玩意兒，不是替人作詩作賦以供人消遣，便是純然成了一種歌功頌德的工具。真正說是做到《荀子‧儒效篇》中所稱道的「儒效」，幾千年也找不出許多。古代的文人多半是被人稱做「儒生」，周公的輔佐成王，「教誨開導成王使諭於道，而能掩跡于文武」，而他的行為被稱為非聖人不能為，故稱為「大儒之效」。其它比較次等的儒者，「法先王，隆禮義，謹乎臣子而致貴其上者也。人主用之，則執在本朝而宜。不用則退，編百姓而愨，必為順下矣。雖窮凍餒，必不以邪道為貪，無置錐之地，而明於持社稷之大義」。其它，等而下之的儒者，那便是微不足道了。

　　儒者既有上述的「儒效」，怎麼又被人罵為無用的東西呢？這自然與當時的社會環境有關係，而自己之不務實際也是很大的原因。關於社會環境，從歷代文人的詩文中所表現的牢騷之語已足夠說明了，他們的牢騷所嘲罵諷詠的有十分之八九是「知遇」一類的東西。恰如劉勰在《文心雕龍》的知音篇中所說似的：「知音其難哉！音實難知，知實難逢，逢其知音，千載其一乎？」即使說有了知音，然而知音也只為了愛新鮮。比如說：「儲說始出，子虛初成，秦皇漢武恨不同時。即同時矣，則韓囚而馬輕……」這樣已經使文士們感歎著知遇之難了，再加以類似「同行相嫉妒」的文人相輕，在崇己抑人中，不僅只是如莊周之笑折楊，宋玉之傷白雪呢。再加以自己的「不尚實際，徒尚空言」，免不了四處碰釘子。即使說一朝技得其售，然而能「坐言起行」「踏實苦幹」的人卻如鳳毛麟角。

這樣，講玄學，尚空談的儒生，與尚實際的功利主義者相比衡起來。免不了要人譏為：「文學裒衣博帶，竊周公之服，鞠躬蹴踏；竊仲尼之容，議論稱誦，竊商賜之辭，刺譏言治；竊管晏之才，心卑卑卿，志小萬乘；及授之政，昏亂不治。……」（桓寬《鹽鐵論》利議篇），即是說儒生們也能從有司的職責上去非難他們的措施，其而為自己的尚空談掩飾說「無世位雖堯舜不能治萬民」，然而言論的空疏，行事的散漫，只有退而怨天尤人了。文人相輕雖是如曹丕所說的「自古而然，於今尤烈」，但是我覺得能站在文人的立場以非難文人，而反能替文人指出途徑的要算是荀子。他在《非十二子》一篇中，力非假戰國之世「飾邪說文奸言以梟亂天下，離宇宄瑣，使天下混然不知是非治亂之所存者」，有陳仲、史獻、墨翟、宋研、慎到、田駢、惠施、鄧拆、魏牟、它弼、子思、孟軻等十二人。子思、孟軻原是他的先師，然而他也不客氣的加以非難，認為子思孟軻之罪在「略法先生而不知其統，猶然而材劇志大，聞見雜博；案往舊造說謂之五行，其僻遠而無類，幽隱而無說，閉約而無解」。因此案飾其辭而只敬之日，那真是先君（孔子）之言，在子思的唱道和孟軻的隨和中，世俗便被他們所欺。在荀子的意念中，他看不起不能總方略，齊言行，壹統類，和不能群天下之英傑而靠之以大古教之以至順，不能具在客堂之內，簟席之上具備聖王之文章和勃然興起平世之俗的一些儒生們，他理想中人所構成的人物是要能「上則法舜之制，下則法仲尼子弓之義以務息」。如果能做到這點，則一切爭思以其道易天下的便無隙可乘，而「天下之害除，仁人之事畢，聖王之跡著矣」。但是古今那有真正這樣的儒者呢?現代世風日薄，腐儒已日見淘汰，摩登化的十二子之徒，所在皆是，大家都想取巧以成名致富，誰個還甘願埋頭苦幹以當書呆子?

注：原載1935年4月5日張雲初編，中國大實話：申報‧自由談；1935年張雲初編，中國大實話：申報‧自由談（C文化民權卷），陝西師範大學出版社，2001.1。

評《友情》

批評與介紹

　　從朋友處借得了衣萍的近著長篇小說《友情》的上卷，起初以為是一冊便寫完了的，誰知以後發現了是長長的三卷；但是無論他是三卷與否，都想一氣的讀完，然而正讀在興趣正濃，只剩一章的時候，因篇電火的熄滅，不由得不失望的睡了，可是，一夜中輾轉不寐，已有兩次的惡夢是與《友情》中所講的故事相關聯；所以，絕早便起來一口氣的把最後一章《壯士氣如虹》讀完，又鼓著勇氣來把這書給我的印象寫出。

　　然而我感覺到什麼呢？並不是如《西線無戰事》底作者雷馬克所期冀他的讀者在讀後的感覺：「西線無戰事」（All Quiet on Western Front）的心情；而是感覺到心中注入無數的問題。

　　因為自己懶惰的關係，對於衣萍的作品只馬虎的讀過《情書一束》；以後的作風怎樣自然是不知道了。不過，在近來出版的《窗下隨筆》和《枕上隨筆》雨書中是很明顯的指示衣萍作品本事的改變已經把「趣味」作為作品的中心，而且由個人的問題底描寫而觸到了當代的中國社會。更是在作風上開展了他自己的新局面——乃至創作小說，——在手法上使用了從中國近幾世紀——並非二十世紀——舊小說傑作品中蛻變出來的技巧。所以，從衣萍底新著《友情》來估量衣萍和批評他一切的作品，我覺得應該把《窗下隨筆》和《枕上隨筆》劃入他著作生活的新時代底啟蒙期，而《友情》中開展的局面算是他開拓遠大的將來底交替的關鍵。

　　《友情》的本事原是當代苦難的中國社會上活動的各色人物，姑無論作者是否有所寄託，但作者描寫的人物正是我們所習見的人物，並不是他全然幻想出來的。所以除了全書是以趣味作為中心的連鎖以外，值得注意的便是在《友情》中所反映的一九二七年底北京政府和武漢政府與南京政府所代表的思想，所開展的社會活動，所劃出的時代了。

　　我們從汪博士底一切生活中可以發現那足以代表全西洋留學生中的戀愛觀，國家觀；紳士氣，學者氣濃重的汪博士便是自命非凡的知識階層與社會格格不入的代表人物；所謂愛國無非是為了時髦，自然更談不上什麼叫做革命了。所以我覺得汪博士所反映的時代是我們的時代中的知識階級，雖然那本事是過去幾年間的事，但現在社會上朝秦暮楚的何嘗不是這些汪博士型底人呢？所以乃至和汪博士接近的政治寄生蟲張廣餘，醇酒美人的黃詩人以至黃詩人的建業大學底濫政客校長趙秘書，乃至慘死的雛妓采蘋，為社會逼瘋的而至於慘死的黃詩人底父親，乃至於胡老爺，胡老太太，高升爺，楊瓊仙，汪權花，都是社會的各種範疇中的人物。所以，我認為作者是由個人的描寫而進到了社會的描寫，並不是我架空的虛構。因此，我們可以從張廣餘的生活中看出在北京政府時代政治的混亂，財政的奇窘，官員們的窯子生活；從黃詩人的生活可以看到那時代頹廢詩人的浪漫生活醇酒美人的本色生活，和那由黃詩人因生活而把革命當作政治活動的矛盾心理；從趙秘書長的言行中描畫出日本留學生的嫖妓生活，和那時仰承張宗昌鼻息的政客式教育家的教育觀；從采蘋的慘死中看出妓院的黑幕和汪博士的靈肉衝突；從黃詩人父親底慘死中看出政治的毒鴆；從胡老爺的身份上刻畫出新官僚和舊官僚共有的劣根性；從高升爺的驕踞，淫惡，刁滑上看出北京舊官場家庭中雇傭者的淫威和惡毒；從楊瓊仙的「壯士」生涯中反映出武漢政府治下的革命女性，在行動上全擺脫了禮教的束縛奮勇的探尋她們的光明底一切羅曼斯；從汪權花的驕踞中看出女子在軍閥混亂下的命運；而且從這些人物交織著的局面中反映出一九二七年北京政府治下的白色恐怖和北京人眼中的武漢政府——最明白的是女子裸體遊行——的一切社會的形形色色，所以，我

不揣冒昧的便把作者用「由個人的描寫到社會的描寫。」的一種方式來把作者估量了。

然而，我只在作者風格的轉變中，——作者或許並不如此的承認。——在作者所採取的廣博題材上加以檢討，並不是把《友情》當作劃時代的傑作，只不過是在作者的全部著作中重新的劃了一個新時代；而我的批評只不過是一種印象，要把《友情》拿來放在「暴風雨的大時代」底衡量，那又須待時序的輪轉，看大時代是如何的估量，然後，才可以定出《友情》的價值量。因此，我們在目前只能作一種印象式的檢討。

另外，在組織上作者沒有如何的變化，還是使用輕鬆，飄逸的組織來寫，作者所觀察到，接觸到的個人與社會的羅曼斯；所以作者並無一定的成見去把零碎的羅曼斯強就自己底範疇，只是用寫實的手法娓娓地寫出罷了。不過，作者雖然在自序中認為：「茹苦既多，余懷落寞，支離病骨，吶喊無聲，舍假筆墨以代痛哭外，復有何法以自存？」是帶了一種悲觀色彩，但他還是竭力的想把自己所體驗到的一切寫給「留住頭顱貧亦好」底人們，因此，正如雷馬克《西線無戰事》的序言中所謂：「這本書既不能算作一種控訴……」樣的剖白自己創作的目的，但是為了作品中所描寫的社會現狀，所反映的時代，所描寫的各色儀型的人們也自然而然的構成了一種控訴；雖然作者並不曾在人物底描畫中指示一種出路，但一種暗示的力量是可以感觸到的。不過，我總望作者在全書的完結時能夠給讀者一個完整的「時代縮影圖」，更是，在中下卷內，因為楊瓊仙女士的深入北洋軍閥巢穴的天津底工人活動而進入到集團的描寫，那樣，便沒有個人描寫的單調，社會描寫的廣泛；而能由集團的描寫中飾上尖銳的氣氛，更可以把作者自己的新時代開展到了大時代底輪轍上。

在文筆上也是具有著者其它作品底犀利，清新，美麗，不過是比《情書一束》更寫得生動，不斤斤於一種繁冗的描寫。而且字句的體例，也有純然幾句慣用的文言，也有舊小說中的「且說」「話說」等冒句底使用，雖然在步調上破壞了統一；但在白話小說中採用文言來描寫社會繁複的活

動，諷刺的情調更濃重了。不過，在這等「且說」「話說」的使用上我自己覺得應有商榷的必要，不知作者以為如何？

　　我所有的一切印象顯然成了「標榜」，但我是如實的寫出。而且我不願用某種批評家獨特的顏色緩鏡去透視，我只就作者從他心血底產品中給予的一切來判斷，他是屬於某一種階級，讓他自己底作品所指示的方向來論定好了。而且，作者正是英年銳進的時分，他也如英國新近逝世的兩性小說家羅蘭斯（D.Lawrenoe）般的，並不因為自己的病而拋喪了創作，他也把創造時的世界作為另一世界，在那世界中努力的書寫。所以，從《友情》的第一卷可以看出作者是在為自己的著作開展一個嶄新的時代，我希望作者在中下兩卷更尖銳的深入到中華民族擺脫一切統治底革命的集團的描寫。

注：《友情》，章衣萍著，北新書局出版

（編者注：原文刊載於《現代文學》第5期1930年出版）

讀《作文講話》

　　中國過去幾年間的出版物因為太偏重於成人的智識，似乎把青年人忘卻了一樣。無論從那一方面觀察，簡直沒有值得青年人專門閱讀的出版物，青年人的求知慾是一個人全生中最高潮的時代，在出版物中既沒有專門為他們閱讀的東西，他們不得不耐苦的從成人的讀物中去勉強的尋找他們所渴望的智識了。因此，我們近來無論在那兒都可以發現這種智識早熟的，皮相的青年；他們對於青年人所應具備的一切智慧還未獲得相當的造詣時，便皮相而早熟的絮聒著成人的一切了。有時從另一方面看，覺得智識早熟的青年人是社會進化的好現象，實在呢，青年人是將來社會的基礎，像這樣的智識的早熟，並不是社會的好現象呢。

　　在一九三〇年的下半年直到現在，也許是時局的關係，出版品方面驀的由社會科學轉變到中學生讀物，兒童讀物，教科書與文學方面來了。非唯出版家如此的轉變，即是作家們也在向這方面努力。在這種轉變的高潮中，章衣萍的《作文講話》是值得注意的。

　　作者在過去的十餘年間的全部工作都是屬於文藝作品的，《作文講話》算是他在論文方面的處女作。這部書正如作者在自序中說，是專為貢獻給他的三弟觀彪而作的，因為作者的弟弟是青年人，對於作文還沒有得著途徑，而他自己對於中國出版的作文書籍是「覺得那些書籍，當然也有好的J但大都板起臉孔，裝出老師架子，有趣味的絕少。……」所以為要使弟弟知道怎樣作文，便捨卻一部比較浩繁的怎樣作文的計畫而先做一部簡單的作文講話。雖然初意是為別來十年的三弟而寫的，但在公開的發表後，卻使求知欲強烈的青年人獲益匪淺了。

在過去十幾年中，關於作文的書已經出版了不少，有的使用八股式的作文法來裝飾上新的顏色，有的在新舊方法中去樹立中和的範型，而值得一讀的卻只有夏丏尊和劉薰宇合輯的《文章作法》，唐鉞的修辭格，董魯安的修辭學。但是，除了文章作法可以作為中學教科書外，修辭格，修辭學以及其它專論作文法的書籍只能當作青年人對於作文有基礎後的參考。

《文章作法》是近幾年內所出版的講作文法書中理論與實際並重的一部作品，不過作者的目的是著重在教本與參考，與作文講話的目的是異趣的。作文講話的作者的目的是竭力想避免老師的訓誨架子。使學生們，或者初作文的青年們把作文認為是有趣味的作品，在無意間獲得了作文法上的潛移默化。趣味是作者的全部文學作品中所具有的中心原素，我們只要一翻開作文講話的任何一講或者一節，即是無心作文，或者初學作文與長於作文的人都會覺得趣味橫生，處處都在吸引你看下去，行行都在燃燒著你的心。我們把《文章作法》與《作文講話》先後的比較來讀，便覺得《作文講話》的字裡行間含蓄著一種力量使我們不得不耐心的把全部十講讀完。

全書計分作文的意義和功用，作文與讀書，觀察與想像，論用字，論造句，論結構，記事文，敘事文，解說文，議論文等十講，每講又若干節，有條不紊的把初學作文時應有的理論與實際簡略的講述無餘了。

在作文的意義與功用一講中，作者細細的解釋了為什麼要作文與作文有甚麼意義和功用的兩個前提。

關於中學教育中的作文問題，在文言與白話過渡時期中，劉半農曾在《應用文之教授》一文中痛罵學校中的學生不能寫通暢的家信，不能讀書，不能草公事批案件，不能訂合同，不能譯書，而卻能在報紙和雜誌上做一些非驢非馬的小說詩歌與戲劇來出醜。然而在劉先生的痛罵十餘年後，大學生們的國文程度仍然沒有怎樣進步，何況中學生呢？依據胡適之在中學國文的教授中所提的中學國文的理想標準（一）人人能用國語（白話）自由發表思想，──作文，演說，談話，──都能明白通暢，沒有文法上的錯誤。（二）人人能看平易的古文書籍，如《二十四史》，《資治

通鑑》之類。（三）人人能作文法通順的古文。（四）人人有懂得一點古文文學的機會。但是從胡先生發表這文字的民國九年到現在已經快要十年了，也許大中學生對於劉半農所提的應用文的切身于學生實生活的低度標準還未辦到時，更談不上甚麼古文的閱讀，古文的創作了。胡先生是研究國學的人，所以他的中學國文標準是認為古書與應用文是並重的。但是每每要求過高了，反使學生弄到一無所長。這種錯誤，我和朋友們都在好幾次依據胡先生標準的實施結果上發覺了。

《作文講話》的作者在這一點錯誤上是燭徹了，他否認中學生去讀卷帙浩繁的《二十四史》，《資治通鑒》一類的古書，他對胡先生所提出的標準，只希望中學生們能做到第一條中所論到的：「人人能用國語（白話）自由發表思想，——作文，演說，講話——都能明白通暢，沒有文法的錯誤。便足了。因為這種最低的要求才是適宜於中學生的實際需要，而在他的智力上才有應付的可能。因此，在基於中學生的智力和需要，作者認定中學的國文課程應該以下列的三種原則為標準：

（一）我們應該知道文學同言語一樣，是一種表示思想和感情的工具，中學生的國文教授，應該以白話文為主體，使中學生人人能用明白通暢的白話作文，自由表示思想情感，沒有文法和理論上的錯誤。

（二）我們承認人的天性各有所近，學術上的分功是很重要的，應該使高中實科（農工商等科）的學生多花時間學習專門學科，（學科學的學生嘗試一些文學趣味原是很好的，但眼前多數中學生的新文學熱，輕視科學，實在不是好事。）並且應該使他們知道文學也是一種專門的學科，非有相常的天才和堅苦的修養，不能有所成就。

（三）我們應該使有志於專門文事的中學生，知道小說，詩歌，戲劇，是人類心靈的最高表現。創作不是一件容易的事情，應該拿經驗作底子，應該多讀多作，但是不應該濫作。應該先將普通應用文（記事文，敘事文，解說文，議論文）弄通，然後致

力於小說，戲劇，詩歌的創作和練習。這種標準的目的是在完成作者對於「作文的意義與功用」和「什麼是一篇文章」的定義的，他的定義說：「作文是使人們能夠用通暢或優美的文字自由表現個人的思想和情感。一篇文章就是拿一些有組織的文字來表現個人對於某一個問題的思想和情感。」雖然作者的主張並不是天經地義的，但我相信，在這種低度的標準之下訓練出來的學生，至少是比較的有適應於生活環境的能力。

對於作文與讀書，作者在《作文與讀書》一講中是極力主張廣博的讀書來充實作文的內容，而同時指出了青年許多讀書法。假如把作者指示的方法去與近代作家如周作人等的國文經驗相切磋，初學作文的人一定可以獲得很大的突進。因為作者是主張「博而約之」的，他要以廣博的智識去充實學生的空虛。對於現在空談而不切實際的中學生確是對症的針砭。

《觀察與想像》一講中，作者毅然的引入了自然主義的方法來訓練學生的作文。這種方法與夏丏尊在《文章作法》上成了共鳴。所以主張作文重在觀察與想像，而極端否認由教師出題的作文。

《論結構》一講中否認「起承轉合」的舊規，抨擊周侯予在《作文述要》中八股文蛻變出來的「呼應照應」，「伏應過渡'的鬼法子，而竭力贊成古人所謂「文成法立」，「文無定法」的先見。把作文由舊的圈套解放出來，另給他一種新的原則。以統一（Unity），平均（Proportion），聯絡（Coherenel）三者來作為作文的普通原則，除了善作文的人能有特殊的佈置外，在結構上，一個初學作文的學生是應當做到這最低限度的原則。

在《論造句》，《用字》兩章雖然只是平易敘述，但在引用《紅樓夢》作例子這點上算是近代講作文書中所罕見的。因為做講作文工作的人，至少還不承認《紅樓夢》與《水滸》，《今古奇觀》，《老殘遊記》，《儒林外史》──尤其是《紅樓夢》──可以作例子，作者毅然的引用，不特是使學生有興趣于作文，而且能使他們得到不少的裨益。

在全書中，作者除了很勇敢的建樹自己的經驗而得來的理論外，在《記事文》，《敘事文》，《解說文》，《議論文》四講中算是很著重他

的思想，因為這四講所論到的正是中學生切用的文字，而中學生將來立身的基礎便從這兒建樹。雖然每一講中的每一節都只簡略的論到，但是，一個中學生所需要的便是這樣的簡單，明瞭，切實的理論與實際的指導。若論到深邃的理論，那又待於大學時代。正如作者在序上所說，《作文講話》並不是大著，只是期望用作初極高級中學學生們作文的有趣味的參考書罷了，而對於用作教科書只是一種企願。所以，在行文時便隨興趣之所，之順便的批評到當代的文學思想與文學家。我們雖然不能承認《作文講話》是一部如何了不得的傑作，但是，在實際上，他與《文章作法》卻是近數年來講作文的書中兩相媲美的產品。在這出版家和作家傾向中小學教育書籍的高潮中，希望大家對於中學生的國文問題再加以深切的研究和討論。

（編者注：原文刊載於《青年界》第3期，1931年出版）

蘇俄戲劇之演化及其歷程

藝術宣傳的功能

文學與藝術常被作為宣傳某種思想的工具，已經成了不可掩飾的事實。尤其是藝術中的電影和戲劇的能力特大，因為他是流動的，用眼耳領會的，他不像文學那樣的須得用心來體驗；更具電影和戲劇可以在短時間內把某種事物達到宣傳的目的，不像文學那樣的遲緩。

所以，不但是帝國主義者在內政上作為建設或改造社會的工具，就是在殖民政策上，也是得力於他。像法國前年舉行的殖民藝術和英國在國內所常舉行的殖民事業方面的文學與藝術的宣傳等，在鼓動國民的殖民思想上，力量是比商品和礦產陳設的力量還大；尤其是對全世界虎視眈眈的日本與蘇俄，他們對於使用電影與藝術來作為宣傳的工具一點，比任何國家還強烈。日本不但在小學教育時使小孩注進侵略中國的野心思想，即是到了成年時，也還在注重侵略中國思想方面的工具。有人說這次日本人之佔領滿蒙，是得力於電影教育，也許不全是誇大的鼓吹。

蘇俄雖然是一個新興的國家，但在藉藝術與文學作為宣傳的工具一點上，是比舊俄時代進步得多了。在戲劇方面，無論新舊戲院，革命後都在政府的指揮之上。藝術宣傳與教育同成了國營的事業。最近「凡學校教員均須能演放電影」。已經成了教育口號，今年秋季更由政府命令所有師範班課程中均增設電影放映科，預算到一九三二年底所需之，電影司機者七萬五千人中便可以由藝術科學校中訓練出四萬七千人。

　　而且他們不但是在永久的問題上著想，尤其是注意於前年日本在東三省所發生的暴行。而全國人比正對於日軍侵略蘇俄在北滿之利益感覺不安時，適在莫斯科公演一描寫西比利亞內戰之有聲戰事片，而往事實上成了有力的「愛國宣傳影片」。因此在開演的字幕寫著說：「假如再發生同類的情形，我國的工農將灑其生命之血，以與我祖國之敵人相周旋，鞏固祖國的邊疆」。這很顯明是民族思想的宣傳了。

　　所以，在中國內憂外患交臨的時候來用客觀的態度去介紹蘇俄藉以作宣傳工具的戲劇運動之演化及流派是特別具有一種深刻的意味。假如能丟卻主觀的認定而用客觀批評來研究，未始不可以在他們獲得實效的方法（並非思想）上借鑒。假如我們能以特識的眼光去觀察，藝術家便可以知道為著當前的苦難和整個民族的生存是應該怎樣的突破現代戲劇中表示著的頹廢，淫蕩，享樂和苟安的氣氛。

　　所以，在這危急存亡之秋，只要是可以鼓動頹廢民族的工具，我們都可以利用。假如你還懷疑他的功用，你可以把歐戰時各交戰國後方與隨軍戲團以及非戰劇所參演的帶著激動性的劇本的事實作為借鑒，那麼，無論站在何種立場講，你便可以知道我費去不少的篇幅來講蘇俄的戲劇教育是有殊途同歸的意義。

十五年來戲劇的演化

　　世界第一次大戰給予俄國的戲院一種苦難的時代，從藝術的觀點來考察，一九一五到一九一六年間要算最柔弱的時代了。為戰爭而疲乏了的觀眾低落了他們的思想和藝術的基礎，俄國的戲院變成了一種極度失節的娛樂和休息的場所，這樣，在革命前居於領袖地位的戲院都覺得他們的地位在這等觀眾的腳下動搖。最好的例便是尼塔尼斯拉夫斯某戲院，他熟慮地拒絕新的產品，寧願維持他的地位不致往下低落；其它的，如莫斯科藝術戲院第一技術室，寧願在他們底工作場底幽處工作；但是經過革命前的演戲季中，第一技術室甚至連一單純的新劇也沒有產生。

沒落的中等階級和貴族觀眾充滿了戲院，他們沒有對於「新劇產生」或「社會事件」與「道德問題」與企望，他們只是在奄奄一息中苟延他們的生命，因為戰爭的恐怖，震碎了舊時代的藝術鑒賞。真實的編劇家如小托爾斯泰，開始創作輕鬆的喜劇；結果，為了文學劇產生的失敗而碰了釘子；獨特的梅雅荷爾為一些實驗的戲劇在柏托加德（Petrograd）曝曬著；在塔伊諾夫的指導下想壓服了審美的戲院，卸得了一種冷落。總之，在戲院中的「實驗」僅能使一些有高等訓練的知識者感到興趣；而一切的觀眾只能需要「性」的戲劇，對於那以「社會」或「哲學」的問題為主的戲劇他們一點也不需要。事情是愈見得變壞，在二月革命以前塔伊諾夫戲院是被強迫的關閉，而莫斯科藝術戲院也便早已沉寂了。

　　一九一七年的二月革命，把俄國的戲院解放到了一種確實的範圍內；在沙皇時代禁止的戲劇如「沙樂美」（Salone）和「保羅第一」（Panl I）都復活了；不過在這新解放中也有它壞的地方。在這時產生了一種淫穢劇的洪流，許多的體材都是關於拉士普丁（Rasputin）和羅曼諾夫（Romanov）家庭的故事。然而在戲院奮進的本質上已經轉移到別的方向；他們要求戲院要限制上層階級和布林喬階級，純全要向民眾開展，而且停止藝術的混亂。因此，在戲院中，個別的實驗被嘗試著；在沒有一種審美的或政治的程序中，蘇維埃工人戲院（Soviet Theatre of Workers）和兵農委員會戲院（Soldiersncl Psauts Deputies）在一九一七年成立了。在莫斯科，兵農委負會戲院為一個歌劇的新派指道者柯米撤吉夫斯基（Komjssorjevski）所轉變；但是因為他帶有德莫克拉克個人政府的理想，所以戲院中多數的演員，裝置的藝術家，舞臺裝置者都向那演戲的管理們爭鬥了。所以，在這時期，一直等到布林雪維克的革命成功，都少有成就。

　　戲院的價值是須待觀眾決定的，所以在戲院的「社會的藝術」表現中，觀眾便是一種決定的製造者，他們覺得十月革命的激動是比二月革命給予他們的更深。所以十月革命為戲院帶來了一種新觀眾──一種叛亂的群眾底觀客，兵士，工人，農人；這些觀眾有他們自己對於工錢的爭鬥，而需要的是以他們自己底的問題為主的戲劇。在另一方面戲院對於蘇維埃

新政府也間常的表示著懷疑的態度，有時阻止戲院和革命間的合作，有時留戀著過去兩百年間的文化，所以在藝術中不時表示出對於當時生活的一種反叛。

但是，經過「軍事共產主義時代」（War Communjsm）戲院已經接受在藝術中的一種領導職務。戲院是和其它藝術一樣的被統治了，蘇維埃政府把戲院置於教育經濟處（Commssariat of Education）的指導之下；那樣，蘇維埃政府的力量和設施可以由戲院而達到工農群眾間去。不同的經濟狀態感應了各切的藝術，鼓動著蘇維埃戲院的成長。比如，在內戰時紙料的缺乏是沒有印小說的可能；繪畫的藝術家強迫去畫傳單，作曲家覺得沒有銷售的市場；影片為著技術工具的缺乏而掙扎，而戲院卻能單獨有他自己的意義去發展，沒有加以限制和禁止。戲劇是在軍營與戰場間進展和排演，在工人俱樂部中，在以前的戲院中都絲毫不受著其它的影響。無論在何處都有演戲的爭辯和一種藝術的舌戰。在這些爭辯的題目中，新的革命戲院應從他新的觀眾中選擇出；新舞臺所用的語言應當是可以表示新時代的語言；而技術方法應是對於群眾有力的技術方法。因此，新時代的戲院是與舊時代迥然不同。戲院拋棄了一種純然娛樂場所的政策，變成了「文化和政治的武器」。當戲院起初隸屬於國家的時候，戲票幾乎是一種虛有其名的價格，戲票都是分送各職業工會的成員。十月革命是給戲院帶入了一種這樣的新觀眾，他們是伴著一致的喜樂來咽吞一切。

戲院因為各方面觀眾的同情，在他們本身贏得無上的喜樂，使他與革命的主義聯合一致，教育經濟處規劃出一種使戲院在蘇維埃聯邦內成為一種有機部分底基於政治的程式的，那樣，戲院能用來做宣傳與教導及改造的工具。戲院是變成了創造一個共產主義世界底的工具中之一種。在十月革命後不久，教育經濟處組織了戲劇教育部（Depart-ment of Theatre Education）；特別委託一個宣傳委員去管理戲劇的產品，他對於戲院具有很大的權力，不曾經過他選擇的戲劇是沒是開演的可能。不過；這種制度對於戲院的發展有著很大的抵觸，以後因著種種原因而廢除，在一九

二一年重新的加以新的委任。在新的委員中，為要矯正一人的獨裁，因此，委員中包含了四個足以代表蘇維埃戲院主潮的四個導演。這樣工人方面把戲院認為是「自我表現」（Self-Expression）與「自我解釋」（Self-explanation）的觀點和政府方面把戲院認為是宣傳政府的一切到工農間的觀點聯合了；工農們可以在政府的指導監督之下達到他們從革命的教養下所期冀的目的，而政府也可以藉著廣大的工農群眾在唯一的武器——戲院——的陶鎔中培成社會主義社會中的一個堅強的成員；所以，蘇維埃政府十餘年來對於一切理想的建設，宣傳戲劇是給予了很大的助力。

學院戲劇

在劇場中有三種趨勢，右派的趨勢在舊的學院劇場中表現，在莫斯科藝術戲院（Mscow art Theatre）和許多技術室內都可以尋出，這方面包括的戲院是在一九二一年的新經濟政策實行後引起的，專門供給的布而喬亞的享樂。中間派的趨勢表現在塔伊諾夫底凱莫內戲院（TairoVs Ramerny Theatre）和格洛夫斯的猶太人凱莫內戲院。而左派的趨勢則在梅雅荷爾戲院（Meyerholdm's Theatre）普羅列塔卡爾特戲院（Prolet Th.atre）莫斯科職業工會戲院（Theatre of Moscow Trade Vnln）和藍衫戲院（File Blause）工人俱樂部的戲院，農人戲院和許多個別的諷刺戲院中表現著。

在蘇俄戲院中的這三種趨勢因各人表現的觀點而反映出階級的鬥爭。右派中的主要分子都是舊日高貴的階級，他們的基礎在十九世紀的文化；保衛舊學院的和傳統藝術的至理。這一群最著名的便是莫斯科藝術戲院，在他們未接受革命理論前曾經過長時期困難的經歷。中間派表現知識階級的審美和放縱不羈的節目，他們感謝的接受了革命的到來，因為革命解放了他們的創造力的束縛。左派的一群便要求對於過去的一種全部毀滅，而一個戲院之創造完全要基於現代的生活；他們宣佈反對那宛如一個博物館般的舊戲院的保存；甚至竭力地促進他們觸到革命的需要，使大家在一條戰線奮鬥。

　　舊的學院戲院等在蘇俄內部的事業，在起先是好像無政府主義之一種。革命創造了多量的新物質，這使他們驚異了。他們不能駕駛這種物質，因為他們不能瞭解革命；革命對於舊時代的文化破壞得太厲害了，而他們首先的抵抗便是想在蘇俄劃一個時代。而最能代表他們這一派的全部工作的，我們可以舉那在蘇俄學院派戲院中最重要的莫斯科藝術戲院為例。

莫斯科藝術戲院

　　莫斯科藝術戲院是由高等的布爾喬亞和知識階級創造的。俄國布爾喬亞要與沙皇統治下的封建制度下的人比衡，為他自己的解放和發展而戰，布爾喬亞與布爾喬亞的知識階級把西歐當成他們的模特兒，努力去接受它的文化。一種由聯合出現的文化的組織是由有力的幾個人如司塔尼斯拉夫斯基（Sranis Lavski）但琴哥（Nemirovitch-Dantcbt enko）組織成功的。司塔尼斯拉夫斯基是偶然的在藝術文學會（Society Fon art and Literature）之前出演沙士比亞，托爾斯泰，和加茲柯夫（Gutzkov）戲劇的愛美劇演員之群的領袖。但琴哥是劇作家、小說家、愛好音樂學校（philharmonic school）裡戲劇科的主任，世界大戲劇家易卜生、霍卜特曼、柴霍甫都是他從戲劇上抬出的人物。當他們兩個在一八八七年會面的時候，他們發覺了倆倆間有許多共通的理想與興趣；因此他們決定組織一個戲院，低身來把他們的學生組織成一群，在這其中的演員以後在俄國和國外都成了著名的人物。伴著斯塔尼斯拉夫斯基來的都林那（Dilina）、賽里尼（Sanine）、布加維夫（Budjacov），伴著但琴哥來的有莫斯可芬（Moakvin）、克里人（Knipper）、梅雅荷爾（Meyhold）。因此，莫斯科藝術戲院便在一八九八年以托爾斯泰的《沙皇伊凡諾非基》（Czar Feodor Ivanovitch）一劇開幕，立刻得著了成功。以後便排演高爾基、霍卜特曼、易卜生、柴霍甫、沙士比亞的戲劇，立刻造成莫斯科藝術戲院在俄國劇院中的領袖地位。

莫斯科藝術戲院所用的方法是自然主義的方法，他的主旨在真實的語言，動作，環境，每件事物都能在舞臺上作逼進真實人生的表現。他們第一次的模特兒是在莫斯科戲院未創立幾年前到莫斯科演戲的柯洛尼克（Cronegk）和他的同伴米林幾（Meiningen）。柯洛尼克的理想在將歷史的或當代的事實盡可能的加以真確的再現。戲院的演員也知道在他們前面的觀眾，而幻想著他們是真實的生活在他們所再現的人生底解剖內。更是，莫斯科藝術戲院是進一層的使觀眾忘去他們是在看一部舞臺劇，他們必定要意識到那是真實的人生。這樣的加以增進，一種慘澹經營的自然主義的技能是被展開了。假如俄羅斯沙皇費阿都（Feodor）要加以再現，於是適度的歷史底裝扮與建築定是經過學者和攝影的真實的研究而忠實的在舞臺上再現。假如羅馬的凱撒（Caesar）是演劇的節目，於是羅馬也要因此而被研究。假使那戲劇需用這些的話，要使真的狗吠叫，真的鳥兒歌唱。劇院甚至要使觀眾墮入佈景的真實中，而且動作、言語，真的狂潮的嘶吼和孩子的啼哭都竭力地在戲院中作留聲機器或其它能發出真實寫真的裝置；而且對於囚車走動時的嘟嘟聲，鏽鎖的擦摩聲，破門的破碎聲，鐘的嗒嗒聲，都加以刻苦的研究；及至為著要實驗由大自然發出的風聲、雨聲、大雷雨聲、冰雹聲、馬蹄聲、帷幕喳喳聲等等在戲院中所發生的效果，司塔尼斯脫夫斯基曾不惜在觀眾座中作幾小時的試驗。所以要表演鄉村戲劇時，學生們必在鄉村中作鄉村生活的深刻研究，甚至在演托爾斯泰底《黑暗之光》時，由農村帶來了兩個真實的農人。這樣的忠實於自然主義，目的在使觀眾墮入佈景的真實中，而且動作和言語都要造成一致，而在任何事上都可以感到是真實的人生，在觀眾沒有喝彩，在動作間沒有音樂，僅是盡人力把人生作真實的再現。

　　在莫斯科藝術戲院歷史底第一年，它展開了一種有力的寫實主義，一種挑撥的個人主義為一種真實的自由主義的思想和走向社會底層的一種慈悲的本質所調和；這便是易卜生，霍卜特曼，托爾斯泰一批古典作家的時代。在這時期，柴霍甫和象徵主義者（Symbolists）達到他們高度的局面在莫斯科戲院中柴霍甫是被視為最重要的作家，雖然柴霍甫的氣氛在梅

特林克（Maeterlinck）底《青鳥》（Blue Bird）中也可以找出，但是柴霍甫的《海鷗》（Sea Gull）和其它的戲劇終是裝點著戲院的節目和帷幕。在柴霍甫底戲劇中俄國知識階級宛如在一面鏡子中看到他們的頹喪憐懦與忍受。當戲院轉向象徵主義，轉向梅特林克的《青鳥》安特列夫底《人之一生》（Life- of man），哈姆生（Hamsn）底《人生的戲劇》（Drama of Life）的時候，使其餘的知識階級沉入到枯竭的靈魂可以尋得避難所得地域。雖然在這些每一個狀態中，戲院同它接近人生的方法不同，但是那些戲劇常常在自然主義排演的方向中歸服了。

自從一九一七年十月革命後，使世界發生了一種最激烈的變化，使全國的戲院都改變了舊的面目，新的觀眾對細緻的自我分析感覺不到趣味，除了在一種否定的意識上，沒有再對於舊的骸骨加以留戀。但是在革命的洪濤激蕩全世界的時候，革命對於莫斯科藝術戲院似乎一點也沒有影響，他仍然繼續著舊來的形式，她仍然開演舊時代的戲劇。然而在政府要求中，莫斯科藝術戲院也常演了許多有新時代意義的戲劇，在所排演的戲劇中特別是阿斯托夫斯基（Ostrovski）占多數。但是以劇本而論，在革命後五六年中莫斯科藝術戲院已經數次的演了梅特林克底《青鳥》，托爾斯泰底《沙皇凡都》，哈姆生的《人生之夢》，柴霍甫底《櫻桃園》（Cherry Orchard）在一九二二年莫斯科藝術戲院會經作過歐美的旅行表演，在那兒牠仍然繼續著同一路道的工作，在劇碼中所載著的戲劇沒有幾部劇帶著濃濃的時代意義。

在一九二五、六兩年中，當莫斯科藝術戲院從歐美歸來的時候，在其中表示出了當代的人生，然而，這卻給了他們一種不快的驚異。雖然在牠的採用當代題目和文句的戲劇是假託著「政治的超脫」，但是在該劇中卻明白的表現出反革命的氣味。在布林加哥夫（Bulgakov）的戲劇《突丙之日》（The Days of The Turbin）中描寫自衛隊的生活，意擬來表示他們的人類愛，證明在他們那些黨徒中也有人類愛的，仁愛的，自我犧牲的理想主義者，宛如任何人曾經拒絕自衛隊是良善的父親和愛人，良好槍手和飲者一樣。雖然蘇俄政府可以採用一種單純的態度把它除去，但是那劇

卻仍然允許繼續的排演。（自然有一種很大的咆哮）在續演的伊凡諾夫（Vsevolod lvanov）底《鐵甲車》（The armored Train）是在精神上大大的相反。這劇描寫俄羅斯內戰中白俄與赤俄的軍隊在火車上鬥爭的一件意外的事，在意識上深刻的表示出赤俄的勝利。在過去幾年中，莫斯科藝術戲院仍然繼續著牠的「文學的戲目」，給今日的人生寄予多多的注意，而在政治上仍然保持著中立的態度，因此，牠便不得不向著其它革命宣傳的劇場底陣線上沒落了。

隸屬於莫斯科藝術戲院的莫斯科藝術戲院技術室（The Studios Moacow art Theatre）在事實態度上帶的氣味比較淡薄。這個技術室是當作一個年青演員的預備學校，結果得了獨立的存在。第一個莫斯科藝術戲院技術室是由梅雅荷爾在一九〇五年設立的；它的主旨在激烈的動作上，檯面上，題旨上加以激烈的改變，但是日俄大戰卻斷送了牠的生命。然而，牠卻為許多將來戲劇的經驗撒下了先量的種子，在功績上也有不能埋沒的。第二個技術室在一九一三年出現，首先是由蘇倫幾茲基（Soulerjitzki）指導，他極端的注入司坦尼斯拉夫斯基自然主義底法式，顯然是繼承莫斯科藝術戲院的藝術道統；但是後來由他轉移到凡克塔哥夫（Vakhtangov），他原有的習氣恐不能長久的保持了。

另一個技術室後來變成了音樂的技術室（Musical Sturdio）在但琴哥的指導之下想去改革歌劇的藝術，把歌劇從那積累的慣例和套語中解放出來，訓練出一個能唱能做，能舞能誦的全通演員。但是在訓練上包含多量的司塔尼斯拉夫斯基底法式全部中的內在心理的剖明，印象的聯合。在佈景上，從另一方面說，缺乏任何種的聯合。在這個音樂的技術室中里可若（Lecocg）底安「戈特夫人的女兒」（The Davghten of madame angot）由哥丁斯加牙夫人（GortiVskaya）完成了，因為伊帶著一切古香古色的歷史的景物來努力忠實於十八世紀法蘭西歷史劇，使這劇得到了很大的成功。阿芬巴西（Offenbach）底「古寺之園」（La Perichole）由柯卡洛夫斯基（Rant:cbalovaki）在他自己的舍贊的（Cezar:nesgne）風格中伴著一種風與色的潮流完成了。拉丙諾夫基（Rabinrrtch）對於亞力士多芬尼士

（aristokbones）底「乃色斯托達」（Lysistrata）是一種構造主義態度的巧妙的適合，一種單純的，建築的迴旋柱子與舞臺的構造，從每一個棱角上表現著效力。

凡克塔哥夫戲院與海別馬戲班

在全莫斯科的藝術戲院技術室中，或許最重要的名字便是凡克塔哥夫（Vakhlango）了。他起先伴著斯塔尼斯拉夫司基開始他的事業，以後他變成全俄戲院重要人物中的最重要的一個，他同莫斯科藝術戲院結合是在一九一○年，直到一九一四年才完結，在嗣後的三年中他做了很多的指道，而且用司塔尼斯拉夫司基傳授的最高度的藝術去教授幾個莫斯科藝術戲院技術室。在他的工作中，排演了易卜生，梅特林克，霍卜特曼幾人的戲劇，在一九一四年他開始接觸司塔尼斯拉夫司基的另一個弟子梅雅荷爾的工作，但是這種接觸的效力非在幾年後是不曾表現出來。當十月革命來到的時候，凡克塔哥夫幾乎立刻接受到，而且他的審美觀點立時起了一種變化。他說：「藝術必然要伴著民眾行進，藝術家必然要起來走向民眾中……當革命向前進展時，它的暴風雨般的步伍底赤色足跡劃分了世界『到以前』和『以後』的邊界線」。從這點上便可以看出他是如何的把握到革命了。

蘇維埃政府要請他與教育經濟處（commissariat of Education）底戲劇部聯合，他協助組織成了人民戲院（Peoples Thertre），很熱烈的為他們排演，比那曾經作過教師和組織者還要熱心。當他委任為教育經濟處戲劇部的指導時，他立刻籌謀了許多偉大的計畫。但是許多計畫都未實行，而且他覺得自然主義不適宜於新的社會秩序，使他對於以前的產品經過了一次變更。在革命以前他的哲學是帶有托爾斯泰小部色彩，在革命後卻大大的改變了。在他第一次排演梅特林克底《聖安東尼之奇蹟》（Miracle of stanthoug）的時候僅是要使觀眾對於人物發生精神貧乏的憂愁，但是革命產生了新的走向人生的新觀眾，他不得不把《聖安東尼之奇蹟》等劇

改變了，給了他們一種新的慨念；人物並不表示那生在牧師的偽道學和布爾喬亞的貪望中。這新的態度，凡克塔哥夫叫做「演劇的寫實主義」（Theatrical Realism）。內中包含三個因素：第一，每一部劇必要給牠一種特殊的形式；第二，戲劇的觀察必定要從當代的觀點；第三，戲劇必定要由演劇綜合成特殊的方法。凡克塔哥夫覺得梅雅荷爾，司塔尼斯拉夫斯基兩個領導者是離開了戲院本身的基本價值，司塔尼斯拉夫斯基底自然主義雖「人類的平凡和乏味」戰鬥，也是損傷演劇的價值：梅雅荷爾底因襲主義和演劇的平凡乏味戰爭，但也損傷了感情的真實。

凡克塔哥夫相信感情的真實與戲劇的價值兩者都是需要的。感情的表現必定要真實，但是那必要藉劇的形式而為傳達。所以，在任何戲院的第一要務便是演劇藝術的熟練。完整的旋律底熟練，姿態和地位之熟練。

凡克塔哥夫的另一工作便是同猶太人底海別馬（Habnma）戲班的接近。海別馬戲班雖然一九〇七年便已成立，但牠接近民眾還是革命後幾年的事。

海別馬戲班係在莫斯科猶太人底戲班，他們大部分是從猶太國的巴勒斯坦（Palestnic）僑寓俄國，目的是想在特種的情勢下表演猶太人的戲劇。他們曾經向尼斯塔斯托夫斯基請求維持與指導，為施展他們演劇的天才，他把他們交給了他的學生凡克塔哥夫。經過他七年的訓練後，伴著俄羅斯舞臺的範疇，和巴勒土丁人們的謹嚴，結果在俄羅斯戲劇藝術中產生了最有貢獻的價值和最獨特的新藝術。他們把自己的藝術生活當作一種與世隔絕的聖潔生活，所以在那種遺世獨立的宗教式的生活中，為要達到完美的表演的技術，他們耐心的用幾年來排演一部劇，對於劇本的研究，佈置的研究等等都不肯私毫苟且的。雖然經濟上是困難，但他們不願省略預演的時間而犧牲了藝術上的完美，所以為了避免這種神聖的藝術成為商業化起見，他們白日在學校，旅館，商店中工作，在晚間便集合來作戲劇的研究。因此，他們把出演的那日作為自己偉大的宗教節日。便在俄羅斯戲院劃出一個與西方藝術不同的一種出世的聖潔生活，使他在戲劇史上開展特殊的一頁。

猶太人凱莫內戲院

猶太人凱莫內戲院（Jewish Kameray Theatce）起初是在列寧格勒成立，在那裡經過了一九一八年到一九一九年。那時格洛夫斯基（A・M・Gra, novski）從西方轉來了，他在西方向德國的名道家萊因哈特（Reinhardt）一道工作，而且對於歐洲的戲院成了很熟悉的人。他開始創立猶太演劇技術室（Jewish The Atrical Studro）經過六個月訓練，猶太劇作家阿胥（Ash）和比利時梅特林克等的戲劇都依著歐洲的訓教而上演。在一九二〇年技術室移到了莫斯科，因為首都和繁眾的猶太民眾及其它的美妙的戲關係，這些青年的群隊得著了一種深邃的同情，更明確的轉向年猶太人的材料。因為經濟的增進和演員對於藝術磨練，他們移動到了較大的場所。戲院的發展把後來繼續的產品底技術變更了，全部演劇的道具也被改制過了。一個演員在未成為一個駕馭他的心理和感情於各種人物的熟練的表達時，必須經過長時間的調練。在他的指道下，除了上演些俄國的戲劇外，也演些帶有猶太情調的作品。一切格洛夫斯基底產品都帶著形式教訓的不可磨滅的印跡，因為在他的觀點上，審美的形式主義與社會的定向是不可分離的。

塔伊諾夫戲院

塔伊諾夫（Tairov）早日參加自由戲院（Free Theatre）工作，直到一九一四年他才以加里達沙（Kaliddsa）底「沙卡達拉」（Sakuntala）正式開展他自己的戲院。這凱莫內戲院（Kamerny Theatre）是對於當時存在的戲院中表示的尼斯塔斯托夫斯基底自然主義和梅雅荷爾底因襲主義的兩大趨勢加以反對。因為尼斯塔斯托夫斯基在舞臺上的每種事都要忠於現實，演員變成了一個思想的舌人，體型的代理者；結果，自然主義者底戲院容易奴役在戲劇家的衡扼下，幾乎完全違反形式的訓教，梅雅荷爾在舞臺上

的每件事物都要做成一種審美的習慣，演員在一種塑型中變成一條偶像。自從塑型成了藝術家的因襲，梅雅荷爾的戲院便依靠在藝術家上，藝術的表現是被驅逐了。

受役於這絕路的人是起來了，在一方面，戲院中的自然主義違反形式的訓教，因襲主義違反感情的表現；在另一方面，使戲院仍舊變成演員的藝術的輸運器。塔伊諾夫相信在戲場中，演員是主要的製造者；其它的一切如音樂，裝飾，腳本等是附帶的重要原素。所以在他的戲院首要的目的便是訓練一個演員成為他的藝術的名家，對於他的身體的運用宛如一個足舞者或走繩索者樣，對於聲音的運用宛如一個歌者或演說者一樣；這一切並不是要在語言和行動中去表現適合的真實，僅是要創造一種新的，一種基本的美之真實，這樣的演員便可在感情劇，默劇，音樂的喜劇，歌舞等不同的景幕中盡表演的能事。

經過十幾年戲院的經驗，他認為革命已經叫出形式主義是不適合於新的社會，而他自己必須開始新的工作。

他第一次努力於新時代的產品是在一九二三年到一九二四年間，對於阿斯托夫斯基底《暴風雨》（Stoum）出演了以後排演了英國小說兼劇作家查斯特登（Chesterton）底《星期三的人》（The man who was thursday）和帶有社會諷刺性的蕭伯納底《聖喬恩》（Saint Joan），在一九二五年到一九二六年間他出演了美國奧尼爾（Eugene Onell）底《毛猿》（Phehairy ape）和幾部俄國著名戲劇，一九二六年到一九二七年間又排演了奧尼爾的《榆樹下的喜樂》（Deoire under the elms）和德國戲劇家哈森開列弗（Hasenchever）底《安迭哥屺》（Antigore）。《安迭哥尼》在一九一六年是為了反世界大戰的主旨而寫的。塔尼諾夫和譯者哥洛格茲基（Gorodetzlki）把他的主旨改變成一種反帝國主義和法西斯蒂的國際鬥爭宣傳的作品。雖然凱莫內戲院在以後的幾年間變成了更熱烈的人類性，更溫良些，但是並沒曾失掉它美妙的技術。

梅雅荷爾戲院

在蘇俄戲院的暴風雨中值得注意的人自然是梅雅荷爾，他超過廿年
演劇的改造而進入革命。他同尼塔尼斯拉夫斯基開始他的事業是在一八九
八年，但是當他的先生司塔尼斯拉夫斯基走向頑固的忍耐和完成剛硬自然
主義底同一法式，不關心於戰爭，饑饉，或革命的一切；而梅雅荷爾很多
時候是與他的先生所主張的相反，他創造因襲的戲院，改造歌團，恢復著
「學者的藝術」（CommedIa dellarte）和古代的戲院；對於戲院的文字，
他也曾有不少有價值的寫作。當十月革命來到的時候，他決定自己與革
命的結合，開始了「演劇的十月」（Theatucal October）來與「政治的十
月」並駕齊驅。在一九二〇年以前他是在列寧格勒和格埋米亞（Crimea）
間飄流；他曾經被紅軍由白軍的下獄中將他釋放；在一九二〇年才到莫斯
科。自此以後他產生無雙的產品，在每一個俄國重要的戲院中都有他廣大
的勢力，而且除了俄國以外，乃至遼遠的美國都有著梅雅荷爾的力量。

在布林雪維克革命後他第一部產品是比利時象徵派詩人凡爾哈倫
（Emile Verhaeaen）底《曙》（The Dawn）。在這劇中他對傳統的習氣加
以攻擊了，把全部改作適於當代的需要，佈景是採用一種半立髓主義的步
調，而且對於使觀眾與舞臺發生貼近的結合是竭力的採用。第二部產品是
瑪以柯夫斯基（Maiakovski）底《神秘的巴佛》（Mysteia-Bovffe），被
認為「是一部我們的時代英雄的，飄刺的，敘事的畫圖」，開演的時間是
在一九二一年一個紀念日和群眾接受國際勞動節意義的五月一日。梅雅荷
爾的兩部產品都是刻畫社會的紛擾和技衛的改造的表示，繼著描寫一種真
實的爭論底風波的克洛米勒尼克（Crommelynek）底《莊嚴的姦婦之夫》
（The magnrfince cuckold）是在一九二一年出演了。

在《莊嚴的姦婦之夫》一劇中，他初次在佈景上採用「構造主義」
（Constuctivism），在動作上採用「關係機械」Auto-acbanics的法式；而
這兩種運動在蘇維埃聯邦內得著了立時需要底效果。許多反抗美的「優

先權」和「藝術中的中立」底呼聲是在社會危機尖銳的表現成一個時代從各處發出了；而且，明白了沒有任何力量可以挽救這種社會的危機，破壞私有財產，重建一個國家而能勝過機械，勝過實業和健康的民眾的力量；所以，他們廣博的驚羨機械和技藝。構造主義想由演劇的趨向到實業的技術；它要求摒棄絕一切無用的裝飾和舞臺上顯著的官能的組織。「關係機械」是研究那如一個官能的機械主義駕駛演員的身體般底生理和心理的法則，那樣，每一個姿態和動作必定可以看見由波波法（Popova）構成的包含那在各種平面上的旋轉舞臺，和那宛如替演員的動作預備著的跳板般的梯子和樓梯；舞臺的指導，甚至於舞臺上作雜務的人和那穿著藍色的平凡的衫褲工作的演員們都可以常常在觀眾底全部視線中；他們不必裝扮起做戲的樣子；他們的言語只是一種低音調的吟誦。

梅雅荷爾其次的兩部產品是一九二二年的柯百林（Sovkhove-Kobylin）底《特里耳金之死》（The death of Tarelkin）和一九二三年的托特亞柯夫（Tvtykov）底《地球的呼嘯》（The earth Roa）在動作和舞臺上只有些微的變更，而在大體上還是依照《莊嚴的姦婦之夫》那劇的佈置；在一九二四年的（Ostrovski）底《叢林》（The forest）中他卻創造了另一感覺。所以在梅雅荷爾的產品可以劃出三個時代：在《曙》與《神秘的蒲菲》是一個預備建設的時代，正在尋覓那可以使戲院更接近人生和在群眾的行動上與民眾聯絡底新形式；在《莊嚴的姦婦之夫》，《地球的呼嘯》和《特里耳金之死》是一個與構造主義備戰的時代，正在尋覓指示一個健康體軀最高的需要和一種工業化的情態。直到《叢林》在一九二四年產生時，他開始了第三個時代，一個循序的社會的改建和演劇的非寫實主義的時代，在這時他認為寫實主義並不是純粹的模擬，僅是簡易而自由的達到真實，不用對於或然的事實作一個奴隸。自從新經濟政策在一九二一年開始，蘇維埃第一年的生命因為謀叛的關係少有改造的進展；關於這時代人民的謀叛，政府的管轄底掙扎，都在梅雅荷爾的工作中反映出。《叢林》雖然是一部十九世紀的文學作品；但在他的工作下，卻變成對在新社會中危機的潛伏與同當代描寫的一部新文學作品了。

在《叢林》以後他產生許多關於諷刺布而喬亞世界的產品。一九二四年的《信託的Ｄ Ｅ 》（Trust.D.E.）是描寫勞動者與資本家間最後的突擊；一九二五年的弗柯（Paike）底《教師巴比斯》（Teacher Bulus）是描寫革命與反革命者間的鬥爭，同年的愛得滿（Eodman）底《倫令》（Mandate）是一部近代俄羅斯的戲戲，在對話中含著尖刻的諷刺；在一九二六年的特里特柯夫（S.Tretiakov）底《咆哮的中國》（Roar china）是反映中國群眾的自我覺醒和他們對帝國主義封建的軍閥的鬥爭。

梅雅荷爾其次的產品是在一九二六年的哥果兒（Googol）底《總巡按》（The Inspector General）而他最後的文學產品便只有格里波也兌夫（Guboyedov）底《智慧的厄運》（The misfortune of peing wise）。除了這些產品外，當他在革命的戲院（Theatre' of the Revolution）工作的時候曾經產出了德國表現派作家托勒（Enest Toller）底《人與群業》（The man and the masses）和某作家等的《里耳湖》（Lake lyul）以及《空氣饅頭》（The air pie）。

梅雅荷爾的勢力已經很充足的表現在俄羅斯戲院的極化中，無論在走向右翼或左翼，都擺不脫他的勢力。在革命後，他毅然決然拋棄以往的殘骸，立刻擔任起以戲院為政治鬥爭和煽動或宣傳工具的重荷，使新俄的戲院在今日已開拓到了一個為世界所不能瞭解的新時代，在這頁上的主潮底創造者便是梅雅荷爾。

國家學院小戲院

在蘇維埃的戲院中，它的進化特別值得敘述的是國家學院小戲院（State aeademi Little Theatre）俄文原名為（mali Teatr）它成立在距今一百零四年以前，在俄國戲院中算是最早的，它的發展反映出俄國變遷的歷程，在革命的第一年它還想維持一種中間派的政治地位，然而因為革命的掃蕩和勝利，它開始接近新時代，現在完全佔領了與其它革命戲院同一的立場，所以盧那卡爾斯基說：「論到這個戲院是件很有趣的事，

它克服的爭辯不僅如一種藝術底有定形式，不純然如一種多智的，有趣的展覽物，它宛如一個社會的製造者，宛如在它自己底鏡子反映出我們這時代的暴亂事件。」它起初是由一些文學的戲劇家創設的，繼著是自然主義底技術，曾經開演過盧那卡爾斯基和斯莫林（Smalin）眼中認定的蘇俄當代劇作家格里博夫（Glele'oov）托涅夫（Trenev）、布洛滋柯夫斯基（Belotserkovsky）的作品。在近來已經出演了《到左邊》（Go left），《一九一七》，《路傍的小店》（The wayside inn）《伊凡柯支》（Ivon Kozir），《天鵝絨與破布片》（Volvet and rags）《穀倉》（The granary），《熊的結婚》（The bears wedding），《羹洛法牙》（Liubov yarovaya）；在每一部新的產品中，牠已漸近於當代生活中的階級鬥爭與政治的騷動，使牠在革命的宣傳劇中漸漸的有了地位。

在小戲院的全部產品中有兩種應當特別的檢討，因為他們底描畫是蘇俄底範型，因為他們在莫斯科有龐大的觀眾，在事實上是不是加以檢討了。在全部產品中，托涅夫底《葉洛法牙》表現出一幅內戰時。栩栩生動的圖像。描寫的事實是革命的與反革命的勢力。而統治而在烏克蘭一個城市的鬥爭，兩邊沒有組織的人們在混亂的事件中掙扎著。葉洛法牙是一個不屬於任何政治團體的小學女教師，她傷悼她死亡的丈夫，她相信丈夫是被世界大戰戰殺了。因此，使她對於產生戰爭的社會制度加以極端的憎恨，她拋棄了安靜的教師生活參加到革命軍的隊伍中來。忽然在她的驚恐中得知了她的丈夫並不曾死，而且在反革命的隊伍者是一個很活躍的戰士。此後她倆會著了，她覺得同丈夫墮入了感情的深淵；續著了一種內心的激戰，她同丈夫破裂了而毅然的加入於革命的一方面。這種故事是由新俄的實際活動中產生出來的，因此，在莫斯科經過了長期的排演。

另外一部通俗而有力的產品是撒哈諾夫（Sukhanov）底《一九一七年》，這劇的主要人物是尼古拉第二（Czar Nicbolas II）和他的臣僚，克倫斯基（Kerensky）政府的委員，柏托加德蘇維埃的工人兵士委員，共產黨中央執行委員，工人，兵士，水手，赤衛隊，與市民；革命的行動是

在柏托加德（Petrognrd）發生，而在前線上的鬥爭與革命事件的全景都在
《一九一七年》劇刻畫出了。

　　許多重要的蘇俄戲院都把革命的事件戲劇藝術化，有一羣戲院並且特
別的從各方面來諷刺當代的生活。藍衫班（Blue Blouse）的一群常常嘲笑
政府當局，卑陋的住宅狀態，一切的官僚氣派，庸碌無用，而新社會底
戲諧和諷刺仍然很流行著。在這一羣中，莫斯科諷刺戲院（Satitre theare
of moscow）是最著名的，而牠的所有喜劇的本事都是擺脫不了諷刺的
氣味。

普羅列塔卡爾特運動與戲院

　　自從全蘇維埃制度的主旨在擁護群眾的利益以後，牠便叫出為「民
眾而藝術」（Art for the People），工人俱樂部戲院的開演是特別的重要
了。甚至在沙皇時代，工人的革命運動已經發展了它自己的戲院。在一九
〇五年度的全俄國中已經有了五千所工人戲院，這些戲院並無一定專門的
場所，就是在俱樂部中，倉庫中，會客室中，地窟中，都由戲劇的形式中
表示他們普羅列塔利亞特底經驗和熱望。繼著一九一〇年的革命失敗了，
沙皇政府極力的壓迫這些工人戲院的發展；但是牠們在蘇維埃的統治下又
重新的復活了，而且從各方面增加了勇氣，宛如一種新工人階級生活底重
要的創造活動。現在蘇維埃聯邦內的工人俱樂部已經發展到了一萬五千所
以上，差不多他們□有戲劇的團體，歌團，和唱歌隊及其它藝術團體。在
這些俱樂部中容二十八萬五千人以上在俱樂部消磨他們閒暇的男女和少
年，當他們白日的工作有政治的公務是完備了的時候，他們便在演戲和音
樂方面活動著：從一九一七年到一九二七的十年中，不下七百萬工人，在
這些俱樂部，得見有三萬三千人實行戲劇的排演；因為這樣的結果，在蘇
俄的演劇藝術不是一小部有閒階級的優占品，僅是一種由龐大的群眾參與
的通俗藝術。社會的環境已經感染了從職業組合的愛好藝術者之群到司塔
尼斯拉夫新基底莊嚴的藝術戲院（Art theatre）；但是全蘇維埃的戲院中

而能直接的從普羅列塔利亞特和熟審的主義去反映它的法式和表示他的思想的都只有兩個特別有力的戲院。

有一個是普羅列塔卡爾特戲院（Proletcult theatre），它是從普羅列塔卡爾特運動——即普羅文化運動——產生出來的，在一九一八年以培植普羅列塔利亞的藝術而成立。普列涅夫（V.F.Plethev）是一個有才能的工人和作家，他是普羅列塔利亞卡爾特運動的一個思想家，他開始組織這個戲院，除了引入一些工人外，同時也對於左翼戲院方面的智識分子如梅雅荷爾等要求助力；忠告他的新演員在新的技術上努力，不要墜入有閒階級藝術的範疇中；因此，這戲院在演劇和創造的領域上都造成了值得注意的進步。在普羅列塔卡爾特的公報中，有一節是為多才多智的共產主義新聞記者，外交家，演戲的思想家凱士黑色夫（P.Kerzbentsev）所作的關於普羅列塔利亞藝術的文字，他贊成工人戲院等的表現，特別的加重在群眾戲院，公報是注重全部文化運動的刊物，所以除了戲劇方面的文字外，也有魯那卡爾斯基派普羅列塔利亞美學和士麥士卡列夫（V・smyschlaiey）關於工人演員底訓練的文字。一切為普羅列塔卡爾特公報寫文字的思想家都注重在蘇維埃工人從革命給予的新生活底覺醒；這新生活是用它自己的形式產生他自己真實的文化。這戲院中的發展是仰賴於幾個有力的導演和指導，愛生坦因（Sergeri Eisenstein）他導演戲劇在他未導演影片之前；藝術家加格耳（Morc chagkl），阿耳曼（Nathan Altman），林杜諾夫（Lentuvov），與坎登斯基（Kordinshi）都對於新舞臺裝飾發展給予了很大的助力。在一九二〇年這戲院因為牠的一切工作為政府所認識，已經由私人的經營變成國家第一工人普羅文化戲院（First wokers state proletcult theatil）了。在它持續的產品中有馬阿哥夫斯基（Maiakovski）底《神秘的撲粉器》（mysteria Bouffe），普列涅夫（Pletnev）底《報仇者》（the avenger），傑克・倫敦（Gack London）底《墨西哥人》（the mexico）；劇的主旨是描寫的罷工，法蘭西公社（French Commune）——公社為法國之市區，係中世紀的共產村制度。——本事很簡略，有時參入一些布林雪維克革命的事件。這戲院並不僅僅限制他們的工作在莫斯科小小的一

隅，因為時代的趨勢，戲劇的力量透入了其它的區域，在夏天的時候旅行到烏拉士（vrols），唐柏生（Don Basin），土耳其斯坦（Juckeston）和別的蘇維埃聯邦的區域，一面是表演他們的戲劇，一面是組織工人們的戲劇藝術的團體，當莫斯科的群隊是在其它區域內演劇的時候，而莫斯科的戲院中是為其它區域的普羅文化的群隊充滿了。這樣，他們的藝術是民眾的，並不是一小部有閒階級的專有品，而且廣大的群眾個個有機會使用的萬人的藝術。

　　在這文化運動中另一個直接的俄國工人階級底生活生長出來的戲院便是由留別莫夫・拉斯基（E・Liulinov-Lanki）指導的mgsps戲院（The mgsps theatre）。這戲院在一九二二年成立的觀點是為莫斯科職業組合底戲院，因為他們覺得其它的戲院不能完全適合於自身的需要，所以他的組合便需要他們自己職業的戲院了。在第一年中Mgsps是一個遊行的團體，排演的場所便是工人俱樂部；在一九二四年才在莫斯科得到正式戲院的設置。第二年的產品如像《一八八一年》（1881）是一部描寫刺殺沙皇亞歷山大第二的革命歷史劇；《喬格，加旁》（Georg Gapon）是描寫對於一九〇五年革命的前奏曲；《暴民》（Mob）是描寫巴黎社公會的故事：《底格也夫》（Degaev）是描寫一個聞名的委員的憤怒底暴露。在一九二五年他產生了布洛茲柯夫斯基（Belozerkovshi）底《暴風雨》（Stom），這部劇算是它第一次接近布林雪維克革命和內戰的一切；繼著出演同一作者，以新經濟政策作觀點的戲劇《暴亂的止歇》（Lull），和喜劇《到左翼的世界》（The wold to the left）。在一九二六根據了格萊特柯夫（Feodor Geadkov）底小說改成了同樣題名的戲劇《水門汀》（Cement）和關於少年共產主義者和學生中的兩性問題的克忠（V・Kichon）及烏士別士基（A・Vspenshi）底康士坦丁，特里柯丙（Konstontine terekline）；後一劇引起了對於本事上的爭論，以後由英文的轉譯刪改許多精多之處，加上許多曲解，曾經易名為《紅徽》（Red Rust）在紐約排演過。

　　在革命的第十周年中，這戲院排演了在一種寫實主義形態中的高度政治思想的費馬婁夫（Fnrmanov）底《暴動》（Tumult）；在一九二七年

又產生了蘇俄鄉村實業方面情形的《正在咆哮的輪子》（The wheels are rooing）依據戲院指導者的觀察，戲院直接的覺得它對於工人們是很重要的，所以它避免昔時的宣傳和煽動，克制戲院底創造態度，它興奮工人們去到更進一步勝利的場所。所以，它的指導宣言道：「我們的戲院期望作這些時代底紀念戲院」，他們是向著純工人的利益上奮鬥。它的形式是寫實的，每年必定有三部值得注意的產品出現，對於演員們普速文化的訓練也與在戲劇上的技術一樣，所以他們的群隊能在蘇維埃全部戲院中特別的把捉著工人的全心，也是他們在各方面的造就所培成的。

農民戲院

在普羅列塔卡爾特運動中，Mgsps等戲院和戲劇團體，工人俱樂部是普羅列塔利亞特直接的表現；因此蘇俄政府也給予農民以助力，使他們也能在戲院表現他們自己。蘇俄的農村因為比較缺乏鐵路的連接，所以農村是遠離著文化的中心，在蘇俄聯邦內，特別是北部的農村，特別是在秋冬的時候與其餘的世界隔絕。所以，在農村戲院的數量，也遠不及接近文化中心或交通便利，氣候和暖的區域內來得發達。就以莫斯科區的戲院為例，在二百三十萬人口的區域內，在農村中便有五千個以上的戲劇團體；他們把排演所得的錢用到促進本村文化發展的方面；他們用那獲得的錢來購買新聞紙，組織閱覽室等用途上，或者用在農業的機械上。從演劇的觀點上說，他們自然是貧乏；有許多沒有真正的舞臺，差不多常常把家庭器具當作佈景；而在出演上，決沒有專門家曾經加以指導，在別的一些：農村是有專門的人指導，因寫他們想由他們所組織的演劇團體使農村成為藝術化，這些工作在屬於莫斯科區的農民之家（Peasants Dome）的維持一個模範的戲院和一個訓練戲劇的教師底木棒便可以知道他們的一切工作了。這樣的組織也是說明選擇適合於鄉村的戲劇，而且時常的指導那農村演劇的那些工人。農村戲院（The rvral theatre）的倡設是引起廣大群眾的歡快，也是協助印行關於農村戲院底計畫的特別題目，對於動作，景色，

裝飾等加以指導。有一部份是在藝術上教育農民的是在一九二七年由莫斯
科政府組織的農村遊行戲院（The rural Itinerant Theatre），這戲院的演員
是在莫斯科區各地的四十個農村中作過五十次的上演；而且演戲是與分析
戲劇的講演伴行的，在排演了後，觀眾可以討論所演的戲劇，動作，和佈
景等來增進他們對於戲劇的鑒賞。

木人戲

在戲院底藝術上而認為教育農民最有意義要算是木人戲的奏演了。這
種形式的存在俄國是發軔於十七世紀，那時俄國人民還沒有演戲藝術的思
想。木人戲主要的人物是小彼得（Petmshka——Little），很相當於美國
的旁其（Punch），在十九世紀的上半期，木人戲在俄國的表演是全國很
流行的遊藝，因為它的單調無味，以後便漸漸的中落了。然而十月革命把
這種藝術復活了。不僅是把它當作一種娛樂，而且把牠當作了教育的一種
工具，所以在現代的蘇俄境內，沒有一個鄉村的宴會沒有木人戲院的；不
過早日單調的小彼得一類的題材已經改換了，現在所論到的是農村合作等
的需要，乃至在牽線者的表示上表出農村的罪惡，所用的敘述語是有趣的
字句，姿態也是發笑的表示。除了農村中很普遍的流行外，木人戲也很廣
博的用在工人俱樂部和兒童的娛樂上。

兒童戲院

在木人戲的表演外，在莫斯科的兒童有他們自己特別的戲院，也如
其它在蘇俄治下的藝術形式樣，包含帶有教育性的審美的娛樂。莫斯科兒
童戲院（Moscow Childiens Theatre）排演的兒童劇，適合於他們的口味和
需要；更是把舞臺和演員視為一個廣大社會器械底一部，專心的在研究兒
重心理學上用功夫。這戲院在莫斯科兒童中得著驚人的普遍；在同時，教
師，心理學家，同父母都研究兒童對於個別的戲劇底感受，視察兒童在家

庭生活中，在他們的遊戲和別種活動中對於戲劇底效力的表現。所以，戲院是莫斯科兒童生活底一部；它收集兒童在觀看一部戲劇和一種競賽後底繪畫；它也收集兒童關於個別戲劇的意見；這一切的研究，加以分類而且作為新的工作底借鑒；兒童常常投寄他們的觀察於兒童戲院的壁報，正如他們的父親投寄他們關於政治經濟問題底觀察於工廠的壁報一樣，使他們自己成為其中的一員，並不完全是居留於附屬的階段。

把蘇俄的戲院作一個全部的觀察，它們今日已根深蒂固於由革命造成的新生活；它的形式部份是屬於國內的改成文化的生活。因此，與這相伴而行的有工人戲劇團體，農村劇團，普羅列塔卡爾特戲院，梅雅荷爾戲院，Mgsps戲院，莫斯科戲院；而且可以在列寧格勒的國立藝術史學會中尋出由格弗士朵夫（Alexander Gvosdor）主持，專以研究全世界戲院底歷史，思想與科學的演劇科學部；這一群藝術運動者的群隊，分道的在各方面成就了他們的偉大，把全俄的工農階級引到了藝術鑒賞的領域內。

國立藝術史學會（The Stata Institule of the histoy of art）內部的組織包含藝術史部（Deksritmert of the history of art）音樂科學部（Wepertment of the science of art）演劇科學部（Depatment of the atrical science）文學科學部（Department of Lcience of literature）；和與這四部取合作的社會學委員會（Sociologieol Comitte）。演劇部又另成為五小部；第一小部研究中國，日本，印度及其它東方國家底戲院；第二小部研究德國，法國，英國，西歐如美國底戲院；第三小部研究俄國戲院的歷史，這三個歷史的小部又分為兩小部，一部是研究俄國當代戲院的思想，一部是研究當代的影片；這種科學的研究，無疑的是指導著全蘇維埃戲院的一切。

戲劇及演劇家

許多在這個時代上介紹的蘇維埃戲院的戲劇都是古典的，是革命前寫下的作品，常常是別的國家內的劇作家寫出的，在這一群作家中，可以從五世紀古希臘的劇作家蘇富克里斯（Sophocles）到近代的無產作家傑

克·倫敦（Jock London）為止。在革命的第一年中，在任何結果方面，蘇維埃沒有新的戲劇產生；因此共產主義抱怨舊劇的存在，然而戲院卻僅只有以沒有新的戲劇產生作答，隨著十月革命那年而產生的主要的戲劇都是世界古典文學中如沙士此亞，舊俄，席勒（Schiller）歐利披提斯（Euipides）──古希臘戲劇家。──的作品和俄國舊最時代的劇作家哥里爾（Gogol），高爾基（Govhi）阿斯托夫斯基（Ostrovski）的戲劇。雖然革命的指導者在舞臺，動作，燈光，和佈景上加以實驗；甚至他們改變古典的腳本；然而始終沒有真實的蘇維埃的戲劇從他們產出。

然而，在不久間，新生活已經產生了戲劇；現在蘇維埃戲院中已經有了六十部用革命的題材寫成的俄國劇。在全蘇維埃的劇作家中可以分成兩個主要的群隊：第一是智識的劇作家，他們中間的大半已經在革命前寫過戲劇，或者至少在革命前接受此演劇或文學的訓練；第二是普羅列塔利亞和農民劇作家，他們是在革命前成熟而且透寫革命的人，開始寫作卻在革命之後。第一群中包含那運用戲劇的形式有一種確定的技巧的作家；第二群在戲劇的技巧上是較為薄弱，但是他們在戲劇所有的一種力是基於普羅列塔利亞的氣質，戲劇是很貼近於普羅列塔利亞的革命。最近間又發展出了第三群，群隊中包含的戲劇家都是從革命後受了教育的青年；因此，這一群可以稱作少年蘇維埃的智識分子。在他的生活底外面觀察，這群隊是同普羅列塔利亞之群和農民戲劇家是聯盟的。

在原始的基本和教育上說，魯那卡爾斯基是屬於第一群，那就是說，在那些智識分子中他接受了他們對於革命的訓練。雖然在他許多職務如人民教育委員長那樣的工作，而他能在人民教育委員會包括的對於全蘇維埃藝術的總指揮之外，還能寫下了許多戲劇，許多在過去的十一年間已經上演了。第一群眾也包括劇作家如格洛巴（Globa），羅曼色夫（Romashov），李卜士克諾夫（Lipskerov），浩柯（Faiko），烏林（Urin），艾得滿（Qrdman），和布洛勒（Bromley）。在這一群中也有曾經寫過一些諷刺評論的編劇家瑪士（Mass）和作過一些羅曼諦克戲劇的安托柯耳斯基（Antokolski）。在革命前曾受訓練的智識分子中也有未

來主義的作家如瑪牙柯夫斯基，拙特柯夫（Tretiakov），他們的戲劇曾經在梅雅荷爾的戲院上演；另外的幾個便是加麥斯基（Kamenski）和詩人編劇家安生諾夫（Asenov），馬利思荷夫（Marienhov）同塞新涅非基（Sheisbenevitch）。在這一群中也有他們的小說家被改成戲劇的作者如《葉洛法牙》（Liulov yorovaga）和《撲加切夫》（P vgachev）底作者突涅夫（Tenev）；《鐵甲車》（Armroed tiain）底作者伊凡諾夫（Vseuolod Ivanov）；《彼得堡》（Peterlrug）底作者彼勒（Andrei Bielg）；《裴尼牙》（Uisenega）底女作者賽甫林娜（Lydia seifnlina）；編劇家如《籠中的奇事》（Wonders in the cage）底作者小托爾（Alexi N・Tolstoi），《女皇底同黨與阿惹夫》（Empvss, conspiracy and azev）底作者色塔列夫（Sh ogolev），《一八八一年》和《彼得之死》（Peteis, death）底作者夏卜法林加（Shapovalenka），《底格也夫底叛逆》（Degaevs teachery）底作者賽克德全（Shkaakin），《同輩底共謀》（The conspirocy of eguals）底作者里非杜夫（Leajdov）《鐵牆》（The iron wall）底作者阿勒色也夫（Rindyi -Alexeyev），《伊凡柯惹》（Ivan Kozir）與《雷士基克》（Tatianna RySskik）底作者士莫林（Smolin），《一九一七年》底作者卜勒登（Planton）與撒克哈諾夫（Sukhanov），《尼古拉第一》（Ncholas I）底作者勒倫（Lener），《清道夫》（The sweeper）底作者拔拔諾哥卜譜（Paqarogopvls），《暴風雪》（The snowstom）底作者色格諾夫（Sheglov），《一八二五年》底作者凡克斯特里（Venksteri），《地震》（Earthguake）底作羅曼諾夫（Romanov）。兒童戲院中的演劇作家都是屬於這一群的，最著名的為《羅賓漢》（Robin Dool）底作者惹易茲基（Zayitzki）。而他們的戲劇排演的地方大都在尼塔尼斯拉夫斯基戲院，梅雅荷爾戲院，學院小戲院，和Mgsps戲院。

第二群劇作家是那在革命後開始寫作的編劇家，在這群隊中包含《水門汀》（Cement）和《同伴》（The Company）底作者格萊特柯夫（Geadkov），《大笑與憂愁》（Laughtev and sovow）興《惹克哈諾夫之死》（Zokharvs death）等劇的編者勒非諾夫（Neneov），《罷工》

（Stike），與《林娜》（Lena）底作者卜列特涅夫（Pletnev），《亞歷山大第一》和《哥耳哥沙》（Golgotha）底作者切底夫斯基（Chedioysky），《匪徒》（Bandits）底作者達非兌夫（Davidov）和那曾為農民戲院寫許多戲劇的撒波丁（Sulbotin）。

第三群隊包含革命後訓練成的劇作家，在這群中包含有編劇家格里波夫（Glelov）、克忠（Kichon）、烏斯彭斯基（Uspensky）、加那牙（Zinaids Chalaya）和亞分洛格諾夫（Afingenov）。

第一群戲作家底風格是各不相同的，在內中包含著浪漫主義者，寫實主義者，悲劇作家，英雄風格底劇作家，反常的喜戲作家，象徵主義者，形式的喜劇作家，諷刺家，滑稽家，經論家，感情劇作家等不同思想的人物。在另一方面，普羅列塔利亞農民作家之群，幾乎完全是寫實主義者，雖然有些是在《亞歷山大第一》那類歷史的題目上和題材上寫作，然而他們最多數的題目還是從當代生活中尋出的；大多數屬於這群的作家是由職業等工會的戲院而來，最多的便要算普羅列塔卡爾特戲院和Mgsps戲院了。

蘇維埃戲劇的發展都是被革命的進程所決定的。在一九一七年到一九二一年的時代是一個騷擾，內戰，饑饉，帝國主義封鎖的時代，寫實主義戲劇在這時代是不可能的，因為各種事發生得如此的迅速，除了不用戲劇的形式，那是不能把它完全表示出的；而寫實的戲劇似乎僅是可預在社會的生活很安定或較為安定的時候。在內戰的時代，克服了那支持革命的革命前的智識分子底禁錮自己於歷史的戲劇和羅曼諦克的英雄風格。其他方面，普羅列塔利亞農民的編劇家發達了一種名叫「煽動」（Agitka）底戲劇風格；這戲劇的「Agitkas」──宛如影片「Agitkas」樣──是為宣傳和煽動底目的而熟慮的寫出的。他們把內戰時代編成戲劇，從劇的表情去鼓動武裝的工農對於革命的想像。千百次這些煽動的戲劇是在戰線上，營房內，工人俱樂部和農村中實演。「Agitka」底歷史也與革命的傳單一樣，可以在革命藝術底歷史上獨立的緊密一章。煽動的戲劇仍然在蘇聯內開演，但是現在已經是比較內戰時代更發展了。然而，因為普羅文化的奮

進，對於劇作家的要求已經變成精密而苛刻了；蘇聯的公眾甚至要求煽動的戲劇必定要在一種藝術的態度中之產出；所有革命的戲院不僅是單有革命的題目而且也要有真純的形式。

僅是在一九二一年以後，當內戰已行過去，新俄能夠轉向經濟的再造的時候，而新俄的戲劇也能夠努力的用寫實主義的手法刻畫當代的景色和生活，在全俄戲院的題目上已經是對於政治的事件有了感受。

所以，蘇俄的劇作家勿耳肯斯丁（Ualkentein）說：「在我們的時代，藝術家是需要把捉著偉大的力，偉大的意識，或者是一種為他的職業的更無私無偏的愛。劇作家應停止做一個哲學的夢想者，一個幻想的歷史家，一個神史底羅曼講述者，甚至這裡史是與我們這時代諧和的，他也要決絕。劇作家應開始去做一個在社會組織中直接參與的分子，他應尋覓那在人生中有一種直接的，有含意的產生底真實題目。」在過去十余年間，蘇俄的編劇家和演戲導演家已經實驗了戲劇的各種形式，每種舞臺的範型，結果，新俄的戲院是今日世界上最奮進的一個。

參考

（1）Louts Lozwick and Losekh Fveeman: The Soviet Theatre

（2）Huntly Carte: The new theatre and Cimema of Russie

（3）Leonid Salianyef: modem Russan Composers

（4）Ioshva kunitz: Russia liteature and gew

（5）Andemon: The propsngada theatre of Russia

（編者注：原文刊載於《矛盾月刊》1933出版）

蘇俄政府內虧空公款者之描寫

　　蘇俄文學自從內戰的題旨底枯竭下轉變到社會風情方面和心理方面的小說描寫後，除了關於想藉作品解決風行一時的問題者外，而許多題材簡直是完全合乎時事的問題。

　　在這種趨勢中，同路人的卡泰也夫（Valentine Kataev）和里定（Vladimir Lidin）兩人的虧吞公款者的描寫是很惹人注意的。尤其是卡泰也夫底虧吞公款者（Embezzlers）在國內引起普羅文學派的注意，認為他有意諷刺政府的行政而在國際間似乎覺得蘇俄竟讓他如此的諷刺政府，使他們很覺得驚異，所以拔特生（Isabel Paterson）在《紐約時報》上以為：「吞款和盜賊的事在共產主義的統治下是比任何資本主義的國家更甚。卡泰也夫所論述的不過是一種帶點羅曼蒂克底事實。……莫斯科自從經過十月革命後，政府中差不多有千五百人以上的官吏捲款或虧吞公款。這並非是革命後偶然的一種特性，而在那國家內已經成了習慣。」

　　這書所講述的是兩個政府內的會記員和收款員吞款的故事。普洛何洛夫（Philip slephan oVitch Prohoroff）是莫斯科政府辦公處的會計員；青年克盧克芬（Ivan Klukvin）是收款員。在發薪的那日從銀行把登薪冊的款偷領了，他倆便去喝酒取樂，以後便回到普洛何洛夫的一個卑濕樓房的家中，妻子正在門口停望。房租是沒有付，孩子們需要鞋子，而他卻敢同他的酒友走回家來。在經過一陣家庭激烈的爭吵之後，他倆又走出去尋求多量醇酒的麻醉了。但當他們第二天早晨醒來時，莫明其妙的卻發現他們自己在開向列寧格勒的火車箱中。他們已經遇見了一個襤褸的婦人作了朋友，他們一看便知道伊是那一種人。伊的目的是要看守著他們，直等到伊已獲得了一些那虧吞的款子。他倆仍然沒有熟想到伊的偷盜，他們想回

去，但是車子已行開始走向平地而且他們沒有能力停止。在列寧格勒住了一星期，在夜間俱樂部，在卑濕的旅館，在賭窟中，使他們昏亂了；他們接受了一個初交者的勸告去到鄰省。雖然他們從陰險的女友中脫逃，但他們已墮入了一個賭棍的手中；為避免賭棍的毒計，他們設法在一個車站上脫逃了。醉酒，昏亂，無望！在任何地方都感到了末日。在經過迷糊和冒險後，他們忽的覺醒到早日帶來的一萬二千盧布已經弄光了。他們向自己的外衣內去找回到莫斯科去的路費，他們不禁想到做一切事情了。

在俄國出版後有一位批評家道：「本事原是很單純的，不過卡泰也夫始終用著嘲笑的筆調來，在前幾章中的官場的黑幕，酗酒的社會各階級，都能在書中活躍。除了這一切而外，在藝術技巧上也是同路人派中難得的作品。」

卡泰也夫在七年前專在莫斯科著作為生，對於小說，戲劇，民歌電影，滑稽詩都有興趣和創作。虧吞公款者在俄國很受讀者歡迎，已改成戲劇在莫斯科藝術戲院（Moscow art theatre）上演，在秋間再改為有韻律的喜劇。

（編者注：原文刊載於《現代文學》第3期1930年出版）

俄國工人與文學

革命後的俄國工人對於文學的愛好已成了很顯著的事實。據一九二八年度的報告，工人們所愛讀的作品以高爾基為第一，屠格涅夫，托爾斯泰，杜思退益夫斯基，柴霍甫次之。但是，最近據一千五百所專為工人而設的閱書室和圖書館的報告，卻以托爾斯泰占第一，次為高爾基，卡耳烏德（Oliver Curwood）以及賈克倫敦。因為工人認為在高爾基的《母親》中可以看到自己所熟知的工人階級的生活，在托而斯泰的《戰爭與和平》可以得到與其它通俗小說所具有的一樣的趣味。

所以，格林（Alexander Green）的以自己少年的經驗為背景底充滿幻想和羅曼的小說《到虛無鄉之路》（The road to nolohere）出版不上一月

已賣了一版。描寫一個青年紅軍故事的那夫洛金（Lavrukin）底《一個英雄的足跡》（On the trail of a hero）和描寫失去了的歡樂的達倫（Turin）底《戀愛與密談》（Love and the commune）。都是好銷的通俗小說。拍瑪丁（Permutin）底《陷阱》（The trap）是描寫東西比利亞北極的血與戀愛的故事。青年共產黨的獵者與他的朋友爭辨獸類在陷阱上的脫逃，結果他因成了兇手而判了長期的徒刑。他要他的妻子對他忠實，然而在歸來後，妻子卻背叛了他。這部小說具有賈克倫敦的力量，在國內也同樣的暢銷。

因為工人在公共閱覽室中閱書的人數日日的增加，決計在原有的圖書館和閱覽室之外，再建一在閱覽室內可容八百人之大圖書館，在藏書六百萬冊中，側重於工人讀物之羅致。

（編者注：原文刊載於《現代文學》第3期1930年出版）

美國卜里茲文學獎金頒發

在美國文學獎金中比較重要的只有米夫林（Haughton MifflinC0）書局和軍事月刊社（Amerioan Leglon monthly）合組的米夫林獎金和卜里茲（Pulitzer）獎金，不過前者只限定於小說和描寫戰爭的作品，而後者則是在小說、戲劇、詩歌歷史方面都同時給予的。

據最近發表的一九二九年度得獎者，計小說為《笑的孩子》（Laughing boy）底作者法紀（Olive La Farga）；戲劇為《綠草地》（The greecn psstures）底作者柯尼勒（MarcConnelly）；詩歌為《詩選》（Selected Poens）底作者愛肯（Conrad Aiken）與《天使和世人》（Angels and Earthly creatures）底作者尾乃（Elinor Wylie）兩人；歷史為《獨立之戰》（The war of independenoe）底作者特尼（Charles H.Van Tyne）；美國傳記方面之得者為《劫掠‧霍士吞之一傳記》The Ravela biography of Som H uston）底作者傑姆士（Marquis James），在報紙的社評方面今年沒有得獎者，報紙通信具的

得獎金者有《紐約時報》等三人，音樂與藝術之留學獎金分配與支加哥和紐約兩城。

　　法紀底《笑的孩子》係描寫其本地印第安人之生活，對於其族人之同情，在書中流露著。《綠草地》一劇此次獲得兩百磅獎金，很為人注意，因為許多批評家認為《綠草地》不需要此種獎金以增其價值。但獎金的頒與是純在增進各地對於這喜劇的喜樂和興趣，不過，在第一半部群認為是很豐富而優美的描寫尼格羅人之軼事，第二半部係採用《聖經》本事，那便使全劇減色了。

（編者注：原文刊載於《現代文學》第3期1930年出版）

法國刊行革命詩歌集

　　法蘭西無產作家雷麥（Trista Romy）等覺得在普羅文學運動，詩歌很占重要的地位，而各國的革命詩歌與普羅列塔利亞特詩歌已有極豐富的收穫，決定短期內將各國關於這方面的詩歌集印一冊。關於美國方面之材料收集，一面徵求無產作家哥爾德（Michael Gold）之詩外，並由哥爾德介紹《新群眾》（New masses）雜誌諸作家之作，對於黃種黑種之諸作家作品均托哥爾德介紹和搜集。

（編者注：原文刊載於《現代文學》第3期1930年出版）

童話概論

童話與兒童文學

　　教育家福祿培爾（Froebel, 1782-1852）曾說：「一人每一個時期，必要獲得每一時期的全美；而完全之長足，必要基於早歲的全美。」這種基於兒童幼年的完全成長的名言，很可以從郭美紐斯（Comanius, 1502-1670）發現兒童大國和盧騷（Rousseau, 1712-1778）啟迪教導兒童一類的理論和實際上尋出一種肇淵來。更是，因為近代科學日見昌明，思想日漸演進，伴著而起的兒童教育的學說的精進，兒童時代可貴的價值，便確立而不移易了。

　　為著要培植和實重兒童時代的活潑的天真，明敏的心靈，廣漫的想像和豐富的興趣起見，早日為成人獨佔的社會學，生理學，教育學，心理學，藝術學和文學等等的領域，都特別給兒童分割了一塊地位。就以文學上的地位來說吧，兒童文學已經建設在一切人文科學的基礎上面了。

　　兒童在人生過程上為一獨立的階段。所以，我們應知道兒童特有的「生」與「心」。因為從近代教育學上的研究結果而論，兒童生活純為獨立的階段，絕不是成人的預備；兒童生活雖係全生活的片段，但絕不是其它片段的附庸；兒童生活實具有繼續性之轉變生長，絕不是成人的縮影。更依據生物學的例證，在植物成長中之一胚，一苗，一茁，一花，一葉，都各有它每時代之生命。所以，以兒童之「生」為「生」，便是根據於生物學和教育學而立論的。同時，在兒童特有的「生」外，又特有「心」在。早年淺識的人們常認為兒童是無知的東西，「孩氣」

和「童心」便是蔑視兒童獨立階段之譏諷語。但是，因為近代人文科學的
檀衍和演進，才發現了在「童心」內含有兒童之意識，真情與想像；而
「孩氣」中實蘊含有冒險，勇敢，好奇，快樂種種偉大的成功要素。所
以，以兒童之「心」為「心」，是適合兒童特殊階段的實論。兒童文學的
理論和實際，便是要從這點出發去研究兒童與文學相互關係所形成的文學
和價值。

　　不過，兒童文學的內涵太廣泛了，常常引起不同的紛論。周作人以
為：「兒童文學便是小學校裡的文學」，是泛指小學校的文藝教育為兒童
文學，同黎錦熙所說的：「現在要在編正式的國語讀本；總要結合於文學
的體式，總要是現代國語的兒童文學」成了互證。嚴既澄所謂：「兒童文
學是專為兒童用的文學。他所包含的是童謠，童話，故事，戲劇等類：能
喚起兒童的興趣和想像的東西。」與陸秉幹所說的「兒童文學就是要引起
兒童的感想；活潑兒童的情緒；增進兒童的智慧」等等的解說，都是偏於
兒童的實用方面，還不如朱鼎元在他的《兒童文學概論》中所說的「兒童
文學是建築在兒童生活和兒童心理的基礎上的一種文學；所適應兒童自然
的需要的」是兼文學與兒童而說明其關係的解說更來得確切。

　　不過，在中國的兒童文學，正如高島平三郎在所編的《歌詠兒童的文
學》一書的序言裡所歎息的一樣：中國是不重視兒童，又因詩歌的性質上
只以風流為主，所以歌詠兒童的事便很少。這樣雖然有點過激，但是中
國對於兒童和文學的舊觀念，到現在也未完全的打消呢。兒童文學包含
童話、故事、詩歌、劇本、小說，而最重要的童話還不是引起人們的反
對呢。

　　不過，童話雖是帶有神秘性的遊戲故事，而在兒童教育上，卻是占極
重要的位置呢。所以，除了專門研究民俗學的人對於童話作為另一種解釋
和應用外，一句教育學的理論和實際而主張教育童話，那終可以十足的表
現童話在實施上的精神。

　　關於教育童話，周作人先生曾經很確當的說：「近他將童話應用於
兒童教育，應當別立一個教育童話的名字，與德國的Kindermarchen相當

——因為若說兒童童話，似乎有些不同，兒童心理既原人相似，供給他們普通的童話，本來沒有甚麼不可，只是他們環境不同了，須在二十年裡，經過一番人文進化的路程，不能像原人的從小到老，優遊於一個世界裡，因此，在普通童話上邊不得不加以斟酌，但是這斟酌也是最小限度的消極的選擇，只要淘汰不合於兒童身心的發達及其有害於人類道德的分子就好了。」這樣，便可以看出童話在兒童教育上的重要，而且，在特別適用於教育的童話材料上，是應該將以民俗學為基點的童話加以新的估量和斟酌，因為以民俗學為基點的童話，並不完全適合於兒童。有些太荒謬，太恐怖了，使兒童在成人時養成了一種迷信的心理；太荒謬了，不適合於兒童身心的發達，雖然在民俗學上沒有怎樣的地位，而在把童話作為兒童教育的觀點上，它有是永遠不朽的價值呢。

反對以童話作教材的人，認為童話的虛幻會給兒童以惡影響，殊知兒童文學及是循身心的自然發達順序，開展兒童的心智以助其成長為故的，在近代教育上早已佔有很重要的位置，歐美各國日本，尤其是德國，把兒童文學認作了兒童教育中唯一的良策。而且把成人認為荒誕不羈的童話畫成冊子，供幼兒的玩嬉，稍大點的兒童，便直接讀童話和故事了，所以，德國小學校中常以大童話家格林弟兄（Grmm）所編的童話中的《狼與七隻小羊》的故事來作為引起兒童發生母子感情的絕好材料。藉著童話中的本事，暗示兒童以道德觀念，在不知不覺間，兒童便為之潛移默化了。

所以，在主張使用童話而作為兒童的工具上，常發生了許多不同的意見，有的人主張利用童話中所描述的鳥獸魚草木一類的名字，使兒童循序的發生了研究一切科學的興趣，輔助他的底讀書能力。提倡宗教教育的人主張利用童話中超於塵世和超自然的思想，使兒童循循的養成宗教心。有的人主張利用童話中所描述的社會生活的粗形，使兒童漸漸的知道社會的實生活，好準備他自己到成人階段時的基礎。有的主張用童話中所幻想的科學思想的苗芽，使兒童對於科學發生興趣，這一切分歧的主張，在兒童文學的實施上，都是可能的。即是以近代的科學昌明來論解，由科學

昌明而發生的事實不過是近百數十年間纏臻於實事。但是，法蘭西發明飛艇只是近二十餘年間的事，而在童話中的飛行幻想，卻在三四千年前便已出現，在中國和希臘，波斯，印度以及北歐神話中是很可以找出無數成例的。所以，把童話作為兒童教育的利器，是當今科學昌明時必然產生的事實。

童話的意義

童話兩字的慣用是東方的術語，德國人稱為「神怪故事」（Marchen），英國和愛爾蘭稱為「神仙故事」（Fairy Tales），都是因地而異的。據民俗學者的研究，神仙故事人物的分散式以開耳忒和條頓兩民族為限，所以，在英國和愛爾蘭是特別的發達，而日爾曼系和斯干德那維亞系的地域，也不過稍稍演變罷了。在遠東的童話二字之使用時道源於日本。在中國唐朝時的《諾皋記》中雖然記載有童話，但是，只是一種單純的記錄罷了，也與《搜神記》，《述異記》，《山海經》，《穆天子傳》，《投轄錄》，《稽神錄》中所記錄的關於神化一類的材料一樣，並不曾給它用上一種特別的名稱。從遠東方面說，十八世紀中葉，日本小說家山東京傳續在《骨董集》裡開始使用童話二字，繼著曲亭馬琴也在《燕石雜誌》及《玄同放言》中發表了許多關於童話的考證，因此，童話二字的名稱，總算確定了。雖然「童話」兩字很容易使人誤解為「小兒語」，雖然像孫毓修那樣的把兒童小說也包含在內裡，但是。從所慣用的學術上，我們所慣用的意義加廣了，不僅是像日本的訓讀上所表示的兒童故事，而在應用的廣博上，已經是很近於「民間故事」的意義了。

但是，有的人以為童話是說鬼話的故事，簡直把神話的性質沒有弄清楚。有的人以為童話的性質便是和兒童小說一樣的，不過，這等人也把兩者的內含沒有歸清楚。因為童話是帶有神秘色彩的東西，而兒童故事對於神秘色彩的成分卻是很稀薄，它所敘述的材料都是切近實事的，但是，

故事因為太切近實事了，不能十分的使兒童感到濃厚的趣味，童話便是在實質上攙和了神秘的色彩，所以，在引兒童入盛上說，童話是與兒童小說不同的，英國和愛爾蘭的人們稱童話為「神仙故事」，所以愛爾蘭的詩人夏芝（W.B.Yeats）在他編輯的《愛爾蘭童話與民間故事》（Irish Fairy and Folk Tales）中所引的威廉愛林漢姆（William a lingham）的神仙（Farries），一詩中說：

「上天山，
下地洞，
我們不敢打獵
因為怕小人，
小人，好人。
一塊兒踏步前進；
綠襖，紅帽，
白鳥的羽毛。

沿著石岸下去，
他們有的在，
黃浪的捲餅上做家；
有的在黑山湖底蘆草裡做家，
蛙做了他們的看家狗，
整夜的睜著眼。

老國王高高的坐在山頂：
年老髮白，
失了聰敏。
他從白霧的橋經過Columbhill，
從Hreveleague到Rosses。

或是在寒冷的星夜隨著樂聲走上去，
伴著快樂的比極光裡的女王吃著晚餐。

他們把小Bridget偷去了七年之久；
當伊重下來時，
伊的朋友全走了，他們在夜半輕輕的把伊帶回，
他們以為伊是熟睡，
但伊已經憂傷而死。
他們將伊深深的藏在湖裡，
在葉旗底床上看守著，
等伊醒來。

在峻嚴的山邊，
經過苔草空地，
他們已經種滿了荊棘，
以為四處的快樂。
若是有人敢將荊棘掘起，
那人晚間在床上便要找著荊棘。

上天山，
下地洞，
我們不敢打獵
因為怕小人。
小人，好人，
一塊兒踏步進行；
綠襖，紅帽，
白鳥　羽毛。」（注）

這算是英國和愛爾蘭特有的神仙故事中人物的實際描寫。夏芝更從根本上考查小神仙究竟是什麼說：「據農民說是下凡的天使，說他好，卻要貶遣人間；說他不好，卻不能把他脫出仙跡。Armagh底書說他們地神（The Gods of Pagan Ireand），被鏑後縮小了身體，弄成很矮的。……他是地神麼？或者是的，許多詩人以及神秘的作家，無論何國何時，都說在可見的世界以外，還有住在天上的地神，沒有定形，隨心變化。我們在夢中，常和他談笑玩樂。而且說他是愛爾蘭的神也有人證明。小神仙有首領，他們的首領是一個名叫老英雄的Tuatha De Danan。所以Tuath De Danan也稱為仙人隊（Shooa—Shee, or The Faity Cavalcase, or The Fairy Host），他們的聚會便在老英雄Tanan的埋骨處。他們是永遠不死滅的，雖然有一個名叫Blake的曾經看見過一個仙人的葬儀，但是，在愛爾蘭國土是永遠不會的。佛乃姆（Poddy Flymn）曾經對夏芝說，他曾經看見他們在河中洗澡時的手呢。但是，這也不過是證明小神仙是愛爾蘭國土的特有的神，把小神仙所構成的故事而作為童話，那是太把童話的內容弄單純了呢。因為童話的內容是很複雜的，並不是單有神仙的故事，而且還有，神巫，鬼怪，巨人等也是必具的呢。

有的人以為童話是神怪故事，主要的代表便是德國的學者們。這種神怪的故事同英國的所謂神仙故事似乎成了異曲的樣兒，所以，在數年前的英國民俗學會發出徵求各國小說家對於神怪故事（童話）的態度的徵求答案時，也免不了舊有的窠臼。史委夫提（Bejamin Swift）說：「我從來沒有看見過鬼，但是，仙人與夢的故事透入了我的心底。在世界上，無論是亞細亞洲，歐羅巴洲或是亞非利加洲，乃至一切的島上，都有千千萬萬人為夢鬼神怪所傾倒。神怪的故事，便是童話中所講的呢。」著名的女小說家辛克拉（May Sinclair）說：「神怪的故事有他們自己的氣氛和實體，在我們知道的日常事體中也有他們的位置，在同一時間內，說故事者把捉了兩個實體：把神怪故事由虛空而實體化，在兩個平面和氣氛上工作著。」批評家齊斯條頓（G.K.Chesterton）雖然對這個問題未曾參與討論，但是，他在小說中之魔力與幻想（Magic and fantasy in Fiction）中也

認為幻想與魔力在小說的成年的神怪的故事中是很重要的。但是，童話才真是小說的童年，童話中也包含有神怪故事，而非神怪的故事，也是童話所必具的。

　　有的人以為童話是和神話一樣的東西，而從廣義上說，神話，童話和傳說也有時常因為共通性而相混，不過，嚴格的說起來，童話是和神話有絕大的區別，因為神話的內容是包含著（一）想像的故事；（二）極古時代的故事或神與英雄的故事；（三）如實際的歷史似的傳說著的通常故事。神話的主旨是為說明原始的社會組織，習慣，環境等的特性，神或超自然的存在之行為，而企圖說明人類與宇宙的關係，在敘述上是具有很重大的宗教價值。所以，原始人對於宇宙間的現象，如日月星辰的出沒，山川河海，及雲雷雨的變化等等看來近似神奇而為他們的智力所不能解釋的一切東西，便自然而然的構成了作為原人科學和哲學的「解釋神話」（Explanatorymyths）因此，神話也和傳說一樣的，在結構上似乎不像虛構的，內中所表現的人物，時間和地點都明白的記出。因為有了宗教的意味，而且在原始社會又為民族文學的真髓，那樣，無論在古今中外，都具有一種使人不得不虔信的力量。然而童話是由發生較早，從神話和傳說轉變出來，擺脫了那種具有宗教色彩的「嚴肅故事」（Sericons Story）的範疇，而成為了兒童所習慣見的「遊戲故事」（Play story），與莊嚴的神話大大不同。雖然童話可以把死人物人格化，使石頭，草木，日月，星辰，禽獸都能說話，能夠行走，但是童話終免不掉具有遊戲性質。小孩子也許相信童話中所描寫的故事是真確的，但在成人看來，一見便知是虛幻的了。即使創作童話和講童話的人明明知道是虛幻的，但為了要適合於兒童的心理，也只得讓它保持了那種特質，周作人先生認為：「童話的主人公多是異物；故事，神話，傳說三種都是人與事並重，時地亦均有著落，與重事不重人的童話相對。而且童話的性質是文學的呢。」很可以把童話和其它的區別劃出來了。

童話的來源

　　關於童話的起源和發生，在民俗上早已是議論紛紛的了。平常的人認為神話可以包括神話，傳說，童話三種，茫然地認為三種發生的程式表示這樣順序的。據修蘭翁特（Wondt）教授在《民族心理學》的意見，由周作人先生的介紹中，認為「廣義的童話發生得最早，在圖騰（Totmism）時代，人民相信靈魂和魔怪，便據了空想傳述他們的行事，或藉以說明某種現象；這種童話有幾樣特點，其一是沒有一定的時地和人名，其二是多講魔術，講動物的事情：大抵與後世存留的童話相同，所不同只是那些童話在圖騰社會中為群眾所信罷了。」依翁特教授的意見，在英雄和神的時代，總是傳說以及深化（狹義的）發生的時候。童話的主人公是異物，傳說的主人公是英雄，乃是人；異物都有魔力，英雄雖亦常有魔術與法寶的輔助，但是，仍具有人類的屬性，多憑了自力成就他的事業。童話也有人，但大多處於被動的地位，先在則有獨立的人格，公然與異物對抗，足以表現民族思想的變遷。英雄是理想的好人，神郎是理想的英雄；先以人與異物對立，復折衷而成為神的觀念，放神話就同時興起了。這樣，便可以看出童話的發生是較早於神話和傳說了。

　　但是，童話的來源是發源於何地呢？這是比它的發生更有著紛紛的聚論了。最早的學者們都主張童話的印度來源說，認為世界一切的童話都是起源於印度。

　　童話來源說的問題，早已是聚論紛紜的了。主張「童話的印度來源說」，認為世界一切的童話都是起源於印度的是著名的梵文學者班發（Benfey）。他認為世界各國一切類似的故事都是轉變，而不是創造的；即使說是近似於創造罷了。他注意於歐洲民間故事和印度民間故事的相同之點，由歐洲民間故事去尋覓出它起源印度的地方。因此，在結束上他認為歐洲童話都是由印度用文字寫下來的記載上散播出去的。

　　不過，麥荀勞克（G.A.Macullob）在小說的童年（The Childhood of Fiction）中，卻對於印度來源說太武斷了，有一部分傳到歐洲是真實的，哈特蘭德（H.S.Hartland）在神話與民間故事（Mythology and Folk Tales）一書中雖未鮮明的加以反對，但是，他在承接班發的理論之餘，已經正式的加以修正。這樣，童話的起源於印度的謬說算是消滅了，而世界童話的互相對流和嬗變，才是童話產生的真事實。

（注）參酌引用趙景深在《童話概論》中的譯文。

本文參考：

（1）Macculloch──Childhood of Fiction
（2）Chesterton──Magic and Fantasy in Fiction
（3）Yeats──Faish Fairy and Falk Tales
（4）Bookman──Deams, Ghosts and Farries
（5）Kirkpatrick──Fundamentals of child study
（6）Johnson──A Study of Childrens and Literatare
（7）周作人的《雨天的書》及《自己的園地》
（8）趙景深的《童話概論》
（9）其它

（編者注：原文刊載於《文藝創作講座》第一卷）

伊斯脫拉底
——巴爾幹的高爾基

　　這被法國文學家羅曼羅蘭稱朗為巴爾幹半島國家中的新高爾基的伊斯脫拉底Oanait Istroti雖然在蘇俄及歐美已行名噪一時，但這位無產作家在中國普羅文學運動的高潮中還沒有人介紹過。雖然他的作品不多，到現在不過只有兩部長篇的著作，但在激烈而有力的短簡敘述和小品中，便他的世界聲譽伴著處女作《克拿・克拿里臘》（Kyra Kyralina）而奠定了。

　　為了他是一個普羅列塔利亞的天才流浪者，為了他是對於本國羅馬尼亞的政治不滿，為了他不甘於在舊社會中討生活，所以他甘願在長期的飄流生活去完成他的修養。在未被人發現為一個無產者的天才以前，在雜誌和報紙上沒有他的地位；然而在成名後，布爾喬亞的雜誌和報紙對於他表達革命熱情的文字又行拒絕了。所以，他的這類被摒拒的文字不得不在蘇俄革命文學國際局機關雜誌《外國文學》月刊上發表了。因為這雜誌是前人民教育委員長盧那卡爾斯慕（Lunacharsky）主編，專載歐美現代革命文學作家的作品，巴比塞等著名的文學家都積極參加到這個雜誌裡去；而且對於那在本國因檢查或禁止的關係不能在刊物上發表的東西，都由這個雜誌譯成俄文發表。雖然蘇俄對於伊斯脫拉底底觀念形態覺得不如何正確，但是他在某一方面卻是真正出身於無產階級，面在作品行動上是向著革命行進的。

　　伊斯脫拉底以一八八四年生於羅馬尼亞之巴勒那（Braila）城，父親是一個希臘的私販者，母親是一個羅馬尼亞的農婦。母親是專以私販土耳其煙草到羅罵尼亞售賣為生而具有美德的婦人，對於兒子都很摯愛。但是伊斯脫斯底在十二歲時便為著飄流世界的企願強烈的使他離開摯愛他的母

親。在以後的二十年中，他在土耳其敘利亞省（Syria）的利凡得海岸和中亞細亞飄流。他因生活的困難，曾做過酒店侍者，燒麵包人，做夾肉麵包者，招牌畫匠，新聞記者，鐵路工人，機械工人，碼頭夫，家庭侍役。他常常在運貨火車作一個不付費的旅客，有時在輪船火車的貨艙，機器艙中偷藏旅行，有時在海岸上被人發覺沒有旅行票而受答責；因此，在這樣無賴的生活中，他藉著偷乘輪船火車的方法旅行到了埃及，希臘，義大利，地中海敘利亞的古城箭發（Joffa）、大馬士革（Damasous）、里奔（Lebanon）、拜羅特（Beyrout）這樣的生活在他自己並不以為困苦，似乎更使他接近其實的下流社會；而且那許多由俄國逃出的大作家都在同一的飄流中與他成了摯友，他從他們得著了文學的陶鎔。使他在後來把他自己在二十年飄流生活中所經歷而體驗的社會的面目寫出，使這飄流的孩子現在與他們齊名了。

但是，在他二十年的飄流生活雖然感受了不少的刺激，把舊社會的真面目下埋著的醜惡看清了，而在思想上卻沒有企謀出路的萌芽，一直等到他在一九一三年回到羅馬尼亞去時才得著了一種啟發。在那裡他遇著了從俄羅斯帝國亡命的而後來做了倫敦蘇維埃政府的大使的拉柯夫斯基（Rakovsky），因此，在這亡命的革命者的勢力下他變成了一個對於革命思想懷有熱烈情緒的武裝社會主義者，羅馬尼亞員警的警告底煽動者。

大約在煽動失敗後的同時他結了婚，而且隱匿去作一個養豬的農人；但是，不幸的，他的豬全盤死掉了，妻子拋棄了他，直到歐洲大戰爆發的那夜，他又變成了無家可歸的流浪者。

在他的流浪生活重新開始的時候，他又在窮困的生活中轉側。因此在一九二一年的正月的初日，在法蘭西南部的里色地方有一個刎頸自殺的遊行攝影者在耀耀的日光下奄奄一息的躺著，這徘徊在生死的欄柵的窮困者便是流浪的伊斯脫拉底了。從員警的新聞上，從新聞紙上醜惡的記載上，從他自己這種愚盲的自殺行動上，替近代的文學接引出了一朵奇異的花朵。假如不是他這樣愚盲而粗莽的自殺行動，他的自殺書決不能達到羅曼羅蘭的面前，使他發覺了一位行乞的天才。自從在他身邊發覺了自殺的遺

書，羅曼羅蘭一看後便把那在興奮狀態中的奄奄垂斃的伊斯脫拉底送入了當地的醫院。以後羅曼羅蘭敘述他讚那自殺決書時的感情道：「我讀，我是被騷動的天才所捉著了，我是被一股從平原上燒著的烈火的風捉著了。從這裡我發現了埋沒的天才，從這裡我認識了一個巴爾幹國家的新高爾基。」從羅曼羅蘭的談話中，據說伊斯脫拉底在過去的歷程中，連這次已有了三次的自殺。

在里色醫院六月的調護中他被救了。羅曼羅蘭成了他的朋友，比早前的讚美時代更與他摯密了。他誘導伊斯脫拉底把他自己在談話中栩栩的講述的那過去的經驗寫在紙上。在一九二三年他的處女作《克拿‧克拿里臘》出版時，他仍然是一個遊行攝影者，仍然在法國的白列坦里（Brittany）和諾曼德（Normandy）地方的不定的事業底困難中掙扎。

《克拿‧克拿里臘》是一冊純然自傳的作品。強有力的講述一個孩子經過里凡特（Levant）去尋求他失掉的姊姊，因為她是被人嫁作了土耳其人的妻室。本事是痛苦的、悲慘的、滑稽的、殘酷的，很能在各方面表示出作者的性格。全書的故事由一個往來於羅馬尼亞城的檸檬小販士達夫諾（Stavro）的口中很生動的講出。內中有三種個別的敘述，第一故事是終結於士達夫諾的悲慘的結婚和美妙妻子的自殺，第二故事是關於早年代的流浪生活，那時那孩子還同他母親和姊姊一同生活著，她們是美麗而熱情的婦人，只知道用跳舞和裝飾去討男人們的誇賞，拋棄一切去維持她們的令名。孩子士達夫諾崇拜著他的母親，卻深深的熱戀著他的姊姊克拿（Kyra）。不幸的畸形事件為作私販的殘忍的父親知道了，最後母親決定與孩子們隔絕而隱藏自己直到她的美麗銷褪時為止。她在臨別時對孩子士達夫諾說：「假如你不是一個像你母親和姊姊那樣有道德的人或像一個強盜，一個有心的強盜，因為男人不用有心，我的孩子們，他是一個奪去有生氣的人生的死東西──他是你們的父親」。這種羅曼斯是十分的有趣。

雖然他是出身於無產階級。但存歐洲所有的兩部作品都是這類的事蹟。除了這部作品外，最近又出了一冊《群盜》（The Bandits），所用的是舊時代如孝素（Chaucer）《天方夜談》（Arabian night）的作者和波

克色阿（Baccoaccio）的計畫。當一群強盜在一個洞中會議，選舉出一個婦人來代替已死的首領時，女新首領說：「你們願意在我的肩上放著一個很重的擔子，在我的頭上放著失敗的價值。很好，我雙雙的把它們接受了。……但是，首先，我們得互相瞭解。你們必定要告訴我各人的歷史。自然，我要首先說出我的歷史。……」這種技巧是舊有的，並不是一種講新故事的技巧。這樣輪流的講述中，可以看出他們巴爾幹的英雄們對於舊制度和宗教的不滿，隱隱的透著革命的熱焰。雖然被人認為是「Donquixots」和《天方夜談》型的故事；但是他的作品加上了近代革命的色彩，已不完全是東方回教國內談故事的舊型了。

他對於革命後的俄國是夢想著有他的新生命在那兒開展，所以，在他已成名後曾伴著他的舊友拉柯夫斯基去到莫斯科，因為他不容於羅馬尼亞的政府。而且對於革命曾有過相當的努力，對於沙皇時代革命的亡命者曾有過交好，所以是受著很優厚的接待。但是，從那兒回到巴黎後，他把他從那夢想的國家內的一切從他其實見到的慌亂，忿怒，暴亂等如實的寫出，那便使他的聲名減色了。因此，巴黎的蘇俄政府機關報「Pravtda」的屋林（Boris Voljn）便不得不批評他是一切白種布爾喬亞社會的極壞者了。不過，他的作品在俄國還能保持普羅列塔利亞的意識，似乎為在歐洲的生存計，他的作品在歐洲只是一種對於革命加以憧憬而已。所以。在歐洲的批評家都以為他能在文學上開一新領域是把未知的巴爾幹人民的熱情，憂鬱，半東方生活，把循黑海的坦留布（Danulbe）河底緩緩的曲調在一種來復的題目上表現，比之於蘇俄的批評家把他認作同路派的決論又是一種區別了。

（編者注：原文刊載於《現代文學》第3期1930出版）

擁護領袖與尊師重道

　　把尊師重道與擁護領袖聯結起來一個題目，似乎覺得有一些不合時宜。因為「尊師」與「重道」兩者，本事古代學者所極力標榜所推崇的，而擁護領袖則是新近在民族復興運動中應運而生的。如果強為拼湊，不免有風馬牛之談。然而，我正為近人把它們視作了風馬牛不相及，才覺得有為文矯正的必要。故而下面僅就感想所及，漫談到尊師重道與領袖的擁護問題。關於尊師，古代是看得很重。因為一個人在家族之外，師友是在學識上具有碩大的助力，正如韓愈所說：「師者，所以傳道授業解惑者也。」一個人要獲得廣博的知識，非仰助於師不可，而師既能傳道授業解惑，人之應於尊視，自係必然之道。否則師不尊，師不竭力以盡傳道授業解惑之能事，而問業者之本身，亦從事虛名而無意於實際。這樣便是不「重道」。結果，因師之不尊，而道亦因之失墮。過去若干學藝，技術，秘法之失傳，我想便是沒有具著尊師重道之精神，而又值得傳授的人。中國古代，一切學藝都注重「師承」與「家法」，即使說是獨樹一幟，然而也總是由某人之學藝或技術中蛻變而出。凡在歷史上不過觀的人物，沒有一個不尊師重道的。即使說主張性惡而非十二子的荀卿，他並沒有非難道之所出的孔孟和子思，坊間本原文中乃並子思孟子而非之，亦不過李斯韓非之徒，為了想加強談辯的伎倆，乃附益而非之罷了。然而在實際上，李斯韓非恰一反其師荀卿之說，變本加厲地爭思以詭辯權謀易天下。他兩人之不能終老其天年，我覺得都是不尊師重道的關係；為了利慾薰心，兩人不惜以師弟情誼而傾軋，無怪乎其說不足以「合乎通治」而李斯終不免咸陽黃犬之歎了。

　　孔子曾說：「師道立則善人多」，我覺得這點在政治上是具有很大的意義。第一，不尊師重道的人，即使小有才氣，亦只能飾邪說妄言以梟亂天下，沒有深澈到「道」之真意，亦襲竊其皮毛縱情欲以使天下混然不知是非治亂之所存。第二，這等人只有縱情欲以取富貴，雖然他們是身無立錐之地，然而王公不能與之爭，一君不能獨畜，一國也不能獨容人；欲為其善人，實不可得。第三，他們雖不尊師，然而卻能博得一技之長以干時君而取富貴。他們也不上重道，只以學問為獵取功名之工具而已，比如新莽居攝，頌德符偏於天下。憑道之徒，不惜以一身而事五朝八姓十一君，國存則圖保祿位，國亡則圖苟免。金人入洛陽，早日抗金而又上書求進的太學生達四十餘人。諸如此類，舉不勝舉。我想這等，都可歸在「尊師重道」的內邊：人們既不能尊師，自然道也用不著「重」了，由此，善人之數量便不會多了。

　　從尊師重道再說到擁護領袖，我想歷史上所表現的尊師重道，都可以用來作解釋擁護領袖的例子。比如說，在新莽攝政時，頌德獻符的人，也還是漢朝昔日歌功頌德的臣子。他們之頌德獻符是沒有什麼節氣可言，只要勢利功名之所在，一樣的可以如法炮製。等而下之，如馮道之歷事五朝八姓十一君，北宋太學生之向金人求進，魏忠賢炙手可熱時各省之紛請築立生祠都是如出一轍；為了功名富貴，不妨以擁護甲領袖者轉而擁護乙領袖，簡而言之，他們心目之所謂領袖，無非是變相的一種博求功名富貴之偶像而已，沒有什麼思想與政策可言。無怪乎明末顧亭林論各時代的「風氣」時，認為東漢最美，炎宋次之了，因為前者自光武中興之後，崇尚氣節，敦歷名實之結果，士大夫忠義之氣，迄至五季始變化幾盡。而宋太祖時中外縉紳之所以名節為高，廉恥相尚，盡去五季之陋，實為靖康難時志士投訣勤王，臨難不屈之原因，細繹他的意思：所謂「氣節」，也便是民族氣節，也便是天地浩然之氣，也便是擁護領袖的諸條件中最基要的元素。

　　領袖一名，在中國歷史上絕少用過，因為當日君主時代，君王便是大家的領袖，君王以次，所謂千乘之家，所謂封疆大臣，如因其當日的政治

地位而形成其領袖地位的高上。如孟嘗君門下三千客,哪一些雞鳴狗盜之徒的食客,便以孟嘗君為領袖。清朝的各科道督撫等的幕賓,北洋軍閥及往日各省軍閥等門下專營的部屬,也還是一樣,然而這一些都是以「個人出路」與「名利」為結合,說不上有什麼思想。一朝不合,便可轉食於他處,用不著什麼留戀與客氣。然而今之所謂領袖,一般的意義也不免類乎此,不過,在一般意義及作用之外,從領袖一名下,還得具有一種思想集團的意思,引申的說來,在一般的意義上面,自然領袖所領導的人們,也還是免不了與食客賓幕同樣的以「懷利」為主,沒有什麼今古之分,而在脈絡上還有歷史的相承,只不過把君主等名詞換上領袖罷了。可是,為了國家民族的思想形成之集團下面的「領袖」。或許最高的唯一的領袖,那便有不同的意義,這個領袖不純然是為群眾在謀「功名富貴」而是要集聚同一目標的戰士,為國家與民族的福利而拼血流汗。因此,領袖的言行舉動是集團的;而戰士之效忠于領袖,也便是為了集體意識而犧牲。像這裡的領袖,在中外的各民族興亡,國家之創建和復興時,那種登高一呼,為億萬人擁護的領導,都是可以作為有力的例證。

關於領袖之擁護問題,也自然有性質上的劃分,如果說是懷利的集體所產生的領袖呢,如韓非子所說:「領袖術」中的「牧臣如畜鳥」是不得不用的,不然他便會作打的翻天印,把你的事業基礎全部推翻,然而為了民族與國家而形成的領袖,或唯一的領袖,領袖與群眾純然居於平等地位。他不過是言足以法,行足以則,守正不阿,公正廉恥,奮鬥犧牲,而被人擁戴罷了。領袖以坦白,公允,廉儉,謙為純真無我對待群下,群下以盡忠,服從,犧牲對待領袖,這樣並非「上下的交相利」乃是「上下的交相犧牲奮鬥努力,以成隧民族公利」而在集體意識所企望的偉大目標,才可以協力的完成。

但是,這樣的民族最高的唯一領袖要如何的擁護呢?雖然精神上是與懷利集團有不少混雜,然而其實質便判然不同了,中華民族危亡到了萬分,大家都爭噪著民族復興,大家都自以為是在擁護民族唯一的最高領袖,而在實際上,也只是口上說說而已,沒有從擁護領袖的行為中產生出

若干顯著的效果。下面便就個人感觸所得，指出一般的弊端，同時也便是替擁護領袖作一種有力的指標：

第一，是對領袖沒有真實地認識。——這種人只是空口叫叫擁護領袖，對於領袖之所以形成，領袖所以必須擁護，領袖之思想政策及行動，民族領袖之重要性等等……完全沒有一種深澈透開的認識。因此，他們缺乏一種堅強的信心，免不了為利欲所驅使，而至唯利是圖，朝秦暮楚，過去許多派系分子之隨時呈分化作用，使所謂領袖者們要用心去對付嘍囉，便是這種原因，而他們所企圖的一切也永遠是建立在砂土上，遲早會受歷史的淘汰。

第二，是對領袖沒有真實地服從。——「服從」二字在中國人眼中，常被認作是奴隸性的表現。這二字在過去的歷史上是很難見著。迄至五四新文化運動以後，為了自由主義 抬頭，更加長了放縱，散漫的力量。大家一提到「服從」二字，便會聯想到非人的奴隸性。現在在復興民族口號之下，所代表的「服從領袖」雖然有劃一而嘹亮的口號，然而服從也只是當面說說叫叫，背後甚麼有反叛的行為，說不上忠實，自然更說不上竭誠的擁護與犧牲了。（孔子有君使臣以禮，臣事君以忠的話。）

第三，是對領袖沒有真實的信仰。——因為群眾之對領袖沒有真切地認識和服從，自然說不上忠誠的信仰，從而表現的一切所謂擁護領袖的工作，也只是一種毛皮。最近有人主張對領袖的命令簡直加以「盲從」，也便是感於一般人對領袖的口是心非，而發出了憤激之論。

從近代擁護領袖推溯到古代的「尊師重道」之說，我覺得兩者是互為因果，而且是相因相成的。廣義的說，不能尊師，自然不能重道，（道可說是主義）自然也不能真實地擁護領袖。現在我們自然決不諄諄然以「尊師重道」為救國的唯一法寶，然而在民族復興運動當中，正要將往日尊師重道的真精神移植到擁護唯一領袖上來。對於領袖我們要（一）有深刻的認識！（二）有絕對服從領袖的精神！（三）有宗教家信仰的精神！

所謂深刻的認識，不僅要認識領袖的時代性，還要認識他們的思想行動乃至他的主義。所謂絕對服從，不僅要當面服從，最要緊的背後更要服

從，在服從後刻苦而且踏實地實行其主張，所謂由宗教家迷信家的精神，是為了在這樣復興民族的艱巨工作中，非有對主義迷信，對領袖迷信的精神不可，否則大家信口雌黃，眾口繞繞，不但對實際工作無補，反而對工作發生意外的阻礙。

以上所說的各點，雖然是膚淺而無獻替可言，可是正為其淺談平易，反而被人忽略不見諸實行。不僅至民族復興的艱巨工作如是，即小而至機關社會學校與企業者亦莫不如是。目前社會上已佈滿著昏邪亂懦，沉迷隔溺的現象，如果不能樹立「尊師重道」和「擁護領袖」的風氣，所謂民族復興，恐怕是永遠沒有希望了。這種精神建設的工作，甚望有謀國之責者，與物質建設相輔而行才是。

（編者注：原文刊載於《新運月刊》第7期1936年出版）

論文藝中的戰鬥性

編者先生：

　　文化鬥爭既是現代戰爭的重要因素，而文學又在文化部門中占著重要的位置。同樣，世間也沒有一種可以超然於鬥爭以外的文學。除非那些吟風弄月，由有閒的，或逃避現實的所謂作家們所製作的作品。荷馬的史詩伊利亞特，他的帶著為民族而鬥爭的意識，使蘊蓄在民族戰爭歷史的敘述中。易卜生的社會問題劇，便是一種剝削社會皮層的好武器；如果平淡無奇，超然於鬥爭以外，那便卑不足道了。詩三百篇，大多是男女相悅之辭，但可貴的是那種多為政者怨誹而不及於亂的諷諫：其可風的力量，乃至其所含蓄的戰鬥性，給予政治上的影響，勝過了近代所謂宣傳詩若干倍。屈原的離騷，並不純然是抒情之作，確是在刻畫著政治上新舊勢力的鬥爭，顯示出屈原奮鬥到底，不屈不撓的青年政治家精神。再如李白和杜甫的詩，從表而看去，只是窮愁牢騷；而在詩人的中心思想，卻有一番正義與非正義的鬥爭意識在。他如陸放翁與辛稼軒，他們更是老當益壯的鬥士，在詩中洋溢著拔劍長嘯還我河山的氣概。更是像文天祥那樣的民族英雄，他的詩歌確不愧為血淚之作，沒有一首不是表現出他自己報國家，反侵略，反漢奸的正氣精神；而所謂由「正氣」之氣所磅礡的地方，便是他那種民族鬥爭精神的極致。我們如果再列舉王船山、顧亭林、呂留良、黃宗羲、鄭思肖之輩來強調這種認定，益足以證明由國防方面敗退了戰士，還能在文化方面不絕的戰鬥著。

　　德國法西斯文化統治的創制者哥貝爾和羅森堡，也認為文學是富有鬥爭性的，如果擁護他們，就該用法西斯哲學的觀點來作為創作的中心思想，不然，你的位置就在集中營內。法西斯領袖們的藝術理論是出發於尼

采的超人哲學，自然是唯我獨尊，掃蕩一切反對的勢力。不過，他們之所謂的具有人性底戰鬥，而實是如暴君，如屠夫，如外科醫生那種武莽的鬥爭。因為如果擁護他們，則需用法西斯的哲學觀點來描寫，描寫出法西斯黨員站在人生之舞臺上那種獨尊的突擊姿態；不然，即使不反對他們，描寫那些被歷史捧成了粉碎的失敗者，也同樣是違反法西斯理論，也必然會被送到集中營內去。在這種對比的情形之下，反法西斯的作品已成了民族鬥爭的必然產品，人們為了要保護文化的不被毀滅，為了要維護人性，作品中瀰漫了正氣的呼聲，那些在法西斯鐵蹄下不願埋沒人性與幫兇的作家們，都紛紛由德、意、日的本土及其佔領區逃出，在自由的領域內呼吸著自由的空氣，製作著自由的作品，發出自由和平的呼聲。由此我們可以知道，文學上的鬥爭性，須視作者如何的把握著為准。人們如果意味到民族鬥爭須以「自由」與「正氣」為主，那古今中外以來，在作品中足以表現鬥爭性的，應是屬於這方面；否則，就是再有天才的製作，如果站在為法西斯而鬥爭的立場上，雖是形骸遊走在集中營以外，而精神卻還不及集中營內自由受了剝奪的人們來得偉大。同樣，那些受了暴君火劫淫威的著作，不管是在秦始皇時代或是滿清入主中國的時代，也不管是沙皇時代，或是希特勒執政的時代，火是不能淹沒其燦爛的光輝的；反之，如果像一些歌功頌德，作為奴隸哲學的作品，雖是流行無阻，暢銷一時，實際上並不足珍貴。

（編者注：原文刊載於《通訊半月刊》第4期1945年出版）

瑪耶闊夫司基論

　　當俄國革命後的內戰時期，因為政治的紛亂，政府當局的經濟和政治的建設尚未穩定，所以，在文學上也呈現著一種青黃不接的氣象。在這時期中而為文學主潮的便是未來主義者所畫就的革命初期的普羅列塔利亞文學輪廓底雛形。雖然未來派在後來是衰退了，但他是舊時代的文學過渡於普羅列塔利亞文學底橋樑，在俄國文學史是開展著特別的一頁。

　　未來派的首領瑪耶闊夫司基特別是這個文學主潮中值得介紹的人。他本是舊時代的作家，然而在舊文學所由發生的社會底根據地被掃除後還能繼續的占著文學的主潮，卻純然是因為他和他底羣隊在舊時代中還未形成，還未會在資產階級的社會中鞏固，正在掙扎於文壇地位的奪取，所以，他們能在新的土地上努力，而能領導起後來的普羅列塔利亞文學運動。而且在革命的初期的內戰時代，在藝術上的優美是沒有用的東西，只要帶著宣傳、激勵、廣告、標語的藝術是實用的工具。因此，在形式上，在藝術上，在言語上都完全適合於他們，使他們在這過渡時期中，一面從事於戶外的宣傳文學，一面也從事于咖啡店文學讀詩的宣傳工作。所以，他咆哮著，打倒一切舊時代的作品，打倒資產階級的藝術，打倒種種的傳統，打倒普希金，托爾斯泰，柯洛連珂，

　　杜思妥耶夫斯基，而狂熱的主張「街道是我們的畫筆，廣場是我們底調色板。」詩人不單是純粹的住在象牙塔裡的詩人，而是在革命中的鼓手。把舊時代布爾喬亞底藝衛底舊型毀滅而創造人類意志底活工廠；把藝術廣布到社會，無論在街頭，電車，工廠，工人家庭中都是藝術廣布的場所，很顯明的把未來主義的藝術認為是普羅列塔利亞的藝術。所以瑪耶闊夫司基在他們一九一九年十二月七日發行的機關報《抗閔底藝術》（Art of the Conmune）底《對藝術軍的命令》一詩中高叫著：

　　　　這就是——在工廠勵精，
　　　　臉污煤煙
　　　　輕蔑
　　　　別人的奢華呀
　　　　安息。
　　　　廉價的真理已經十足了。
　　　　著從心裡放逐了古臭的。
　　　　街路是我們底畫筆。
　　　　廣場是我們的調色板。
　　　　書物
　　　　縱使有千張，
　　　　也不能於革命的現實。
　　　　弗理斯忒，進向街頭去呀，
　　　　做了鼓手，而且做了詩人。（注一）

　　是正式的對於舊日的布爾喬亞藝術的空言加以控訴，要把他們底藝衛擴展到群眾間去。所以在革命已在軍事上得勝了的時分，他在創刊的同一刊物上說：

　　「……革命已使做俘虜的白軍兵士走壁了。但忙著拉斐爾及拉斯忒勒的事。我們不可不彈穿博物館壁。普希金及其它的古典的將軍們不被攻擊，是不應當的。」（注二）

　　這一種對抗舊日藝術的反抗，從他們激烈的口號。從他們的實地工作中。似乎是站在普羅列塔利亞的革命立場來奠定新的藝術：然而從他底實際上加以檢討，在骨子裡卻是擺不脫小資產階級的虛無主義，並不是完全帶著普羅列塔利亞的革命性。而且有時也墜入空談，不實際上缺乏與革命底需要結合底具體程序，所以大批評家盧那卡爾斯基批評瑪耶闊夫司基及

他的羣隊「是不適合於產生新藝術底派別，因為缺乏革命的接近，自然的失掉了他基本的創立，雖然他們是自命為普羅列塔利亞，但他們始終是屬於小資產階級的個人主義者，無政府主義的傾向和喜鬥的挑戰使他們一日一日的沒落。雖然工人是在傾耳側聽瑪耶闊夫司基美麗的詩篇在群眾集會中朗朗的誦讀，但是他們只是在聆聽詩人底藝術品所表現的律韻，而他們對於未來主義的思想卻一點也沒有用。因此，不消我們的抨擊，大時代會來估量瑪耶闊夫司基和他底羣隊。」的話是深切的透入了瑪耶闊夫斯基底骨子，以後不久間未來派便失掉了文壇上的領袖地位。

　　未來派是沒落了，但瑪耶闊夫司基卻是例外的革命詩人，雖然他不能把捉著早日的領袖地位，但沒落的一群中他是比較的接近於革命。因為他始終認定：「藝術不是在死的殿堂，──博物館之中，是不得不集合在所有的場所，街路，電車，工廠，作場，勞動者底住處的。」所以後日他把未來派改組成烈夫派（注三），這左翼的烈夫派仍然有在言論上影響其它文學派別的力量，在力量上並不減於瑪耶闊夫司基初期詩作的影響於當代和後來的作家，那由他們創造的「社會的定貨」的名詞，曾引起了文壇上急劇的爭辯，直到現在，這把文學當為社會定貨的問題還是在不可解決的劇辯中。

　　瑪耶闊夫司基在藝術底理論上雖然為那不滿於未來主義的人所攻擊，但承認他是一個特出的天才卻是共通的。在詩的字句使用他毀滅了傳統的韻律，使用著新的語言。他用複雜的有韻的詩證明詩與韻是多事，允許著寫數學的公式。他反對被束縛的，而去人工地加以選擇的語彙之進步是他底詩的特色。他徒詩中摒絕無數破爛的字和短句，創造了新的字和短句；而且在舊的方面重新充滿了血，把這些新舊的字和句語都活動的運用到詩的方面。他很熟練而有技巧的處置他底字與字典宛如一個照自己底規律去工作而不顧技藝高興與否的膽壯的匠師，他有他自己底造句法，自己底意像，自己底律與競，所以在新俄的詩壇上，他是十二年來產生的獨特的天才。雖然克留也夫批評他說是「煩心於起重機是不宜於詩歌底作者，但他反封唯心的，象徵的，不在心底熔爐熔化著生命的紫金，始終保持地那革

命詩人底態度。在對於人生底觀點上他是個人主義，最足以表現他是革命底洪流中的新式的超人；集團主義（Collectivism）底超人。在思想上是積極的反於定命論的唯物論者，他認定數千年的文明都是由勞動的綜合創造而成功的，並不是個體的創造；認定要在能集合而生創造力的時候才能予個性的充分發展。所以在這種人生觀中給予他以偉大的創造力，否定命運，否定利己的個別企圖與工作。

　　從十月革命產生的天才詩人中，無疑的要推瑪耶闊夫司基是最偉大。最有豐裕的收穫的一個。而且從文學的流派上說；他也許是十月革命產生出的一個新時代的怪傑。他在理論上主張藝術須與生活聯合。而文學和他包含的詩歌應當是「機械的」，正如社會的人需要從機械上產生出來的日用品一樣，作家們是「造貸者」，而社會是「定貨者」，而絕端的摒絕把感情注入到作品的一字一句中。因為要把文學作為滿足和供求「社會定貸」的工具計，在革命的內戰時期和革命的建設時期瑪耶闊夫司基都在廣大的群眾面前承認他自己是作為廣告和標語的詩人，一種激發和煽動的精種在他底作品和勇敢的宣示中尖銳的呈現著。他認為詩並不在「沙龍」內的資產階級的嫺靜安逸的消遣品，「沙龍」的時代已經在新時代的輪軌下死滅，詩的領域應由象牙塔而走向十字街頭和轟鬧的廣場與工廠。他並不把十月革命當作其它的象徵派詩人目中那樣的惡毒，飯不把十月革命認作是可以擾亂他底詩人工作的外部底力的怪物，而把它當作了是創造出新的生活底偉大原動力。所以，他接受革命是比同時代的任何詩人更來得自然，在許多引智識階級走向革命的文學派別中，沒有誰及得上他底勇敢和堅毅。因為他底全部的發展是與革命一致，所以，把自身與革命作了有機的結合，勇壯的進入革命的中心，狂熱的為著革命而狂嘯。

　　關於他偉大的問題會有許多不同的意見：但是，姑無論怎樣的批評瑪耶闊夫司基是新舊過渡期間的一個怪傑，從他新超人底魄力估量，過去也並不會產過瑪耶闊夫百基，將來也絕不會再生像他這樣畸形的怪傑。所以瑪耶闊夫司基便是整個的瑪耶闊夫司基。

在革命的內戰時期中，象徵主義是沒落了，而新的藝術尚未產生，他是很尖銳的作著革命的宣傳和煽動。在《莫斯科赤偶》（Red squure of Moscow）中他升起他底巨人，向著行進的工人咆哮道：

抨擊在街頭行進的叛逆者底隊伍
掃蕩那驕傲者底頭顱；
我們，第二次洪水底潮流；
將如一朵緊湊的雲般的滌蕩著宇宙。

白晝是一匹光燦的戰馬，
年代拉曳著憂鬱；
我們偉大的神是「急步」，
我們的心是一個咆哮的鼓。
什麼是此我們底顏色濃重；
我們能被子彈底鋒銳捉著麼？
因為來福槍和槍刺我們已行歌詠，
我們底神便是我們自己底吭音。

綠的草場生長，
白晝炸裂。
虹：截斷你的弓
匆匆的征騎，飛！

看那在我們頭上的天空星群。
不用他們底助力我們長歌可以滋盛；
呵，大熊星正要求
我們去到天庭——生活。

　　唱歌，痛飲著芳醇！

　　我們底血管流動著「春」，

　　打，心。打！

　　銅的心胸，嗚！

　　由是可以看見他底詩歌的雄壯，雖然免不了神秘的氣氛，但是在一字一句中可以尋得他底生命的活力，——十月革命所給予的創造精神。對於舊的時代他是要：

　　十足底淡漠的悲啼，

　　拋棄他底銹蝕的鏈子。

　　街道是我們的戰場（競賽場），

　　廣場是我們底調色板。

　　所以他在續著白德芮（Denun Bednyi）的狂歌之後在《向左走》（Left march）底開首便如此激烈的煽動著：

　　走！前進！進，進！

　　十足的空言與詭計！

　　終止懶惰的饒舌（喋喋）！

　　你有句語，同志莫志！

　　你管理亞當與夏娃的時代

　　你管理，我們破壞你。

　　把世界撕裂成片片。

　　前進！前進！

　　追趕！追，追，追！！！

　　左！

　　左！

左！

　　在他一生底作品中以詩占最多數，散文很少。十月革命到來時，恰遇著瑪耶闊夫司基創作底極盛時代。從一九一五年到一九一七年的三年中創作了《人》（Man），《戰爭與和平》（War and Peace）《袴中之雲》（The cloud in Trousers），《骨脊的簫》一九一七年到一九一八年中寫好了《神秘的滑稽劇》（譯蒲菲的神秘）（Mysterium Buff），一九二〇年寫了《一萬五千萬》（150 millton）。另外還寫了詩歌《我愛》（I Love）《向左走》（Left march），《第四國際》（The four International）《列寧》（Lenin），《有如牛鳴》（as simple as mooing），《萊頓監獄歌》（Fallads of Reading Gaol）《耶誕節底前夜》（The night before Christmas），悲劇《瑪耶闊夫司基》（tout court Maiakovsik），諷刺詩《瑪耶闊夫司基大笑微笑與愉快》（Maiakousk laughs, Maiakovsik smiles, Maiakovsil make merry）和《戲劇臭蟲》。《第四國際》是表現他積極的唯物人生觀的長詩。《有如牛鳴》是鼓動街頭的戰士的作品。《袴中之雲》是帶著傷感氣氛的戀愛故事。《我愛》是離開唯物和機械的立場使用幻想以寫愛情的最能動人的敘事詩。《臭蟲》一劇曾經在今年的《紅新地》（Krasnaya Nonh）上引起白司金（O.Be kin）的評論。但是，在他的全部中最重要而偉大的卻要算神秘的滑稽劇《一萬五千萬》和以他自己底名字為題名的幾篇，除了在《瑪耶闊夫司基大笑微笑與愉快》的諷刺詩中十足的表現未來主義的英雄思想，以個性底突出為第一著的思想外，而能在文學史上值得永存，在新俄革命史上可以特別開展一面的卻要算《神秘的滑稽劇》《一萬五千萬》了。《神秘的滑稽劇》是描寫遺留在革命勝利後舊時代一切毀滅和新時代的混亂狀態，在這種狀態中，生命漸予蘇活，而新時代的建設的自由形態才真真的現出。在紀念第三國際會議和群眾發展的紀念上在德國柏林上演過。在這詩劇中包含了會議的叫嘯。街市的囂擾，報紙的聲音；而全詩表演的動作是群眾的生活，階級的戰爭，思想底鬥爭，把一幅龐大世界的一切在劇場上如實的表

現，在短短的六幕中，栩栩的表示著過去，現在和未來。在第六幕中便到了共產的社會；快樂與歡樂充滿著新的世界，從「勞動底山」（Hill of Labour）浮出了結出全詩的：

　　我們唱著勝利的凱歌，

　　高聲的，熱烈的歡呼：

　　第三國際為全世界帶來了自由底聲調！

　　自從他在一九一七年度的幾年間已經快要走完他自己底道路，在《神秘的滑稽劇》作成後。雖然他從狂放之士底安那其主義的反抗精神轉輪到革命。但是在作品上顯著最高級，而他的藝術家的生命已經完結了。因為他以後的生活是在實際的宣傳工作上，自然的把他底藝術摒棄到狹窄的領域，沒有再把衰落的，貧弱的藝術重新恢復的可能。一直到他寫《一萬五千萬》時也不過是《神秘的滑稽劇》和《戰爭與和平》兩詩原素的結合品，也不過是表現著兩篇都是政府授意的作品。雖然，從普羅列塔利亞批評家的眼光中認為是免不了留戀著舊時代底布爾喬亞藝術底骸骨，然而在他已是最後的藝術之光的回照，而能把當代的實生活從詩行中刻畫出時已經是有他獨特的偉大了。

　　《一萬五千萬》是代表著俄國的人口，主旨在痛罵西方資產階級封鎖海口及美國資本家對付新俄的仇視。對於這偉大的工作瑪耶闊夫司基曾如此的說：

　　一萬五千萬：

　　那是這篇詩底作者底名字。

　　槍彈與炸彈的急響：

　　那便是詩底旋律。

　　火底喊叫發出熊熊的咆哮，

　　煤礦底爆發氣（炭養化素）踏平著礦山，

礦山爆裂，炸裂，

屋子在屋上跳躍。

我是一部說話的機器。

急轉的鋪砌著石頭，

藏你底腳步壓迫土地

宛如文字之亂鳴：

一萬五千萬！

列印！

因而這個詩篇在此印成。（注四）

　　雖然作者並不曾在《一萬五千萬》上簽著他的名字，然而那是一部十月革命底史詩，布林雪維（Lied von der Glocho）之一種：在本事上只能假定為革命詩，在組織的全體上卻因著未來主義所具有弱點和缺憾而失敗。雖然牠有「驚人的詩行，大膽的意象，很伶俐的字眼」，但是，他僅僅是把詩作在政府的授意當作一種商業或工業般，僅在誇耀自己是一個「字的工廠」（Word wor shop）的創始者，僅在把政府的命令如實地的煊染著。固然他要從「字的工廠」中供應革命者的需要，然而在普羅列塔利亞特批評家底目中他仍然是在自己所矜誇的作品上失敗。所以，《一萬五千萬》的本事是偉大的，但是它缺乏內在的動作，各意象分離而不凝合，諷刺僅是新奇而不能深入讀者底心坎，觀察是墜入了客觀的隔離。但是從他所有的詩行中我們可以觀察到他底革命性。

　　因此，在刻畫十月革命內戰時期的國外封鎖和國內饑饉是極度的生動而強烈。為饑餓，為打倒布爾喬亞的經濟。瑪耶闊夫司基如此的高呼著：

打倒羅曼主義底世界！

打倒輓歌底戰敗歌者！

打倒對於上帝的厭世信仰！

打倒一切形式中的癡癲底瘋狂！……

你底靈魂！
充滿著宗教的行動！
蒸氣，緊壓的空氣，電氣！！！……

賑濟者底群，肚臍注視底群，
讓斧頭跳舞過他們底禿禿的頭蓋！
殺！殺！
好呀，骷髏的頭顱是很好的「灰盤」。
前進！
驅使你底兩肘如鐵釘般的刺入肋骨，
把你底拳頭向著高雅慈善紳士底牙床揮打，
把你底拳頭揮入他緊扣底燕尾服中！！！
把你滿塵的指節透進他們底鼻孔！……
磨快你底牙，
咬入當前的時代，
毀滅闌人的籬柵！……

新的面孔！
新的夢！
新的歌！
新的幻想！
我們拉出新的神話！
我們煽動著一個新的來世！

對於一切在那兒捶胸的人，
叫著：
「長久的餵著惡臭的腐物」
仍然還要長長的麼？

廣大！廣大！

十足！十足！

完結！完結！

我們要，我們能永不再做！……

聯合！

從黑暗的國度裡出來！

腳靠著腳！

前進！

（假如你同意我底話，

同志，請在這兒簽字……）

復仇是正義底主人！

饑餓是革命的組織者！

槍刺，勃朗林，炸彈。

前進！

抓著當前的時代！（注五）

　　而今他是因著詩劇實驗底打擊而自殺了，在蓋棺論定中我們只有從他
所屬的時代，所努力的事業，所引起的時代來作一度簡略的批評。雖然於
資產階級意識的，個人主義的，革命詩人底領域，但他向普羅列塔利亞的
突躍也是在同時代的詩人和作家中是一個獨特的人。他仇視神秘主義與假
道學，仇視布爾喬亞底壓迫和榨取，而同情是占為無產階級奮鬥方面的。
他不願作藝術的說教者，而他把他整個的藝術呈獻給革命的驅使。他以自
己底人格充滿著革命的場所，廣場和街衢；在或種的限度上打破個性底限
制而接近於集團，使集團成為革命的集團。他從舊時代的藝術而到狂放之
士底未來派的時代，更由衰落的未來派而到烈夫派（左翼）：在十二年來
他都在文壇上不絕地實驗他底藝術。這次的自殺便是他以身殉藝術的表
徵。雖然他不是純然的普羅列塔利亞詩人，然而在於人們所加於他底「革

命詩人瑪耶闊夫司基」的名號是值得配上的。假如你要問我他是怎樣的人呢，我也正如印象派鉅子布洛克（Alexandecr Blok）所形容的：「他是一個絕大的天才。」而且在新俄普羅列塔利亞文學之興起間，他是一個偉大的橋樑。

一九三〇，八，二四

參考

l. Rene Fulop. Miller: The mechanizing of Poetry

2. Joeeph Freem.an: Past, and present of Soviet literature

3. Joslijiua Kunitz; Men and Women in Sovict Ljtcrature

4. Rene Fulop.miller: Theaticalized life

（注一）借用陳帆譯罔澤秀虎《蘇俄十年來文學論研究譯文》。

（注二）同上。

（注三）烈夫係合Levy front skutre之頭一字而成，意為左翼。

（注四）係根據由德文譯成英文本之書轉譯成，經友人由德文校改，與俄英原文恐有出入。

（注五）同上。

（編者注：原文刊載於《現代文學》第4期1930年出版）

美俄女工生活對比

現在把美國和俄國女工的生活依據最近的消息作一個簡略的比較便可以知道兩個向著不同方向發展的國家的底女工們是怎樣的生活著。

在紐約的一個未結婚的女工在每禮拜的五天半中每日作八小時的工作一年有兩個禮拜的休假每月收入一百四十金元，她們認為是一種好職業，她僅僅是靠著她的薪水而生存沒有其它的收入。在每月收入的一百四十美金中，她付出房租四十美金。她的房間內沒有傢俱和熱水汀；有一間半私的浴室；一個烹飪的瓦斯盆。電氣是包括在房租內，但是沒有一切的雜務，而且除了公用的電話外，她沒有自用的電話。雖然這樣，她是比普通一切的姑娘們舒服。她保一千美金的壽險，預防她意外的死亡。因此她每月付出四元五角美金去作保險養老金，在五十五歲後把它收回；假如在五十五歲時不取回來呢，還繼續有利息。除了房租與保險費外，她剩下九十五元五角美金去作飲食，衣服，牙醫生，醫藥，補品等的費用。在剩下的九十五元五角美金中，衣服和裝飾是占去了費用的最重要的部分，為著要使她自己在社會上保持著她對於男人們的誘惑力，她的衣服和裝飾是永遠在她的生活中保持著平衡。她對於自己的一切便止於這樣的，她的文化的，社會的，機會是有限的，她只有在她底職業上殘酷的工作著，而對於職業的任何基本底保障是缺乏的。在實際上她只是一個純粹的工人罷了。

在俄國的莫斯科呢，一個女工每月可以獲得一百一十八個盧布（合美金五十九元）的報酬。依照著最近新頒的以五日為一個星期的計算法工作著，在四天內每日工作七小時，第五天休息，每年也有連個星期的休息。同紐約女工的職業比較上說，莫斯科女工所獲得的只是一種中等的職業。因為一切土地都是歸於政府，房租都是以女工所得為比例；所以，她一月

付出房租八盧布。她沒有像美國女工那樣半私的浴室，她只有冷水的露天沐浴。她每月付出的雜務費四盧布，連理床灑掃都包括在內。她付出三盧布的電話費，她可以無限制的使用。她的電氣費是包括在房租內，除了一盞檯燈之外，還在房間中心懸著三個電燈泡組織成功的電燈。除了這些以外，她還要對於社會公務付費。衣服是及其平常，並不像美國女工那樣奢華。

她每月要付職業組合兩盧布，加入這種組合便算是一種保障的壁壘。職業組合有權力使她去保險，因為俄國的社會保險的獲得者是那些不能工作或者病在家裡的人們和他的家庭的補助。而每一個人最低限度要做八年的工作，那樣，在老年時他們便有相當的保障。而社會保險的價值是由工廠或公務機關和公司等產生的，每月他們為工人付出百分之十二又二分之一去作為保險費，因此，工人們的醫藥和生理上的一切費用都由社會保險部來擔任。

而且加入她們底職業組合後，從組合中她們可以用半價買得戲票，可以任意在工餘去看各個戲院的戲。每個月她為俱樂部付出十五服務苛貝克，連著房租，雜用等一共付出她每月收入的八元多美金，剩餘的八分之七便留作衣服，飲食以及一切的費用。

她們並不像美國女工那樣的拋掉社會的或文化的機會，她們是常常把餘暇的時間消磨在有益的消遣上，從這種消遣中她可以逐漸地培養她替將來的社會所預備的一切的基本知識，她只須付出七分又二分之一的美金作為工人俱樂部的會費時，在冬天便可以享受圖書館和許多文化事業的機會再付出同樣的會費，在夏天便可以參加到工人聯合的夏令會中去享受那在莫斯克法河的公園的游泳池划船等的一切利益。

所以，把美國和俄國的女工們的生活相比，雖然俄國的女工們沒有美國女工收入那樣的多，但是，她們所受社會的利益卻超越於美國的女工們。

（編者注：原文刊載於《婦女雜誌》第十七卷第二號）

雷馬克的續著及其生活

在一九二九年度中轟動全世界文壇，抓著全世界讀者的心使他們戰慄，使六架印書機和十架裝訂機為一部小說而忙碌，壓倒戰事小說中的巴此塞，杜哈美爾（Duhamel），賴茲珂的人是誰？那便是不到半年間全世界已銷上二百萬本的諾貝爾文學獎金候補者，《西線無戰事》（Im westen Nichts News）的作者德國青年軍人雷馬克（Erich Maria Remarque）了。

他在公餘六個星期的夜間寫成了這部驚人的巨著，因此，德意志的人們都以為根本沒有一個真實的作者，而所描寫的完全不是事實，逼迫他不得不心灰氣沮的逃到瑞士去。在瑞士和英國住得疲倦了，他便回到本國去。從那兒他獲得了七萬五千金磅的版稅，政府卻替他抽了三分之一去了。本來他回去是想決定把心情平復過來，再從事第二部續作，但是為了自己的聲名太大，僅使他苦惱著。因此，在去年的十月十日他很堅決的對外國的訪問者說：

「一個人不能成名時很煩悶著不能成名的一切，但在無意間獲得了世界的聲譽時，倒反苦惱了。我算不了一個什麼偉大超絕的人，只不過是一個在歐戰時的西戰線掙扎過的小兵。然而一般獵取紀念物的狂熱者，甚至連我前門上的姓氏牌都取去了。所以我計畫著，在短期內離開柏林。我不能在此地工作，我不曾有一分鐘孤伶伶的靜寂過，我真想把一切完全的隱沒，步伍著裘耳包脫（Alainl Gerleault），改換姓名，讓鬍鬚長起來，拋棄著作的生活去到另一種新的領域。

「為什麼一個人要從事著作呢？這是成名的和無名的作家們未曾想念過的，所以他們拼命的尋找機會，孜孜的寫作，只想在讀者方面獲得成功。假如他不會戀戀著要這樣幹下去才可以獲得他的地位和聲譽，他並不

因此而日夜的苦忙。這樣便養成了社會上一種不可抑制的病態，從這種病態中，有千萬人把他們的職業固定了。

「我是一無所能的人，就是連空洞的玄學鬼的法螺也不能吹；所以我更難於在人類中作搖旗吶喊的工夫了。由我這次僥倖的，不幸的獲得了一種意外的名聲，使我自己認識了一切；只恨我自己太淺薄了，不能從這其中去如玄學鬼般的去發揮一點哲理。但我希望獲得更多的經驗和快樂用去治療一般少年人的誇大病；或是消磨我一切的思想在試驗自動車之中。

「我已被人聘到斯干底那維亞半島去講演，因為他們以為我寫下了一部驚人的著作，而且瑞典的作家們提議我作諾貝爾文學獎金的候補者，必定以為我是飽學之士，認定我是文學界的權威，其實他們中了社會一般人誇大病的毒，愈見使我慚愧而煩惱了。我很想拒絕，我不見得就能在那半島上生著好的收穫，因為我只有資格配講些關於狗、金魚、自動車一類的故事，對於文學我幾乎全是外行。」

他在說話時，注視著窗中間的一隻小玻璃缸裡面養著的外國金魚，宛如證明他對於魚的經驗和喜樂也是與汽車一樣的。

委實的，他對於汽車的經驗太多，非惟過去他曾作過汽車捐客和專家，即是在現在有暇時，他也玩著汽車。他時常因汽車而壓傷，在每次柏林郊外舉行汽車競賽的時候，他時常都去參觀。在競賽中他看見那風馳電掣的汽車速度達到最高點時，他的心中宛如是自己在競賽時的熱烈，面龐上浮泛著微笑。所以，在他寫文章或做事感到疲倦的時候，時常把玻璃缸中的外國金魚當作世界群隊中孤獨者的伴侶，在汽車的飛馳中去滌蕩一切的煩愁和疲憊。

為了他是這樣的把時間在遊戲上消磨，而且羅曼諦克的，底卡丹的色彩時常包蔽他的全心；所以，在他對於文學生著厭倦而加以詛咒的氣氛中，他對於世界文學家的名作是不願涉歷的。最近有人在訪問中與他談到文學上的諸話題，他表著與斯干底那維亞作家哈姆生一樣的厭倦，在迫於該問者的懇切中，他對於世界的作家如此簡略的論到：

「也好，對於英美的作家談談是可以的，只別以為我是一個文學專家罷了。因為我沒有能力去讀原文，只好從不如何忠實的譯文中去認識罷了。

「英國的老戲劇家蕭伯納是每個德國人都知道而摯愛的作家，但我也喜歡威爾斯的快樂的意念能使我感著絕大的興趣。高爾斯華妥和賓那脫（Aronld Bennet）我也一樣的敬愛。通俗小說家華壘斯（Wallaoe）抓著了全德意志讀者的心，但我卻以為他的非洲奇遇的小說比他的偵探小說好。從英國的全部作家中來評判呢，史梯文生（Robert louis Ralfour Stevenson）的冒險小說給予我的力量不小，所以，在諸人中我最愛他。

「他在新世紀的美國文學作品中使我感動的是得利賽（T・heodecre Dreiser）的《美國的悲劇》和辛克萊的《馬丁愛羅斯蜜斯（Martin Arrowsmith）》，尤其是最後一本使我永不能忘懷，新興的傑克倫敦（Jack London）的無產階級方面的小說是描寫得很有力的。關於哥爾德（Mochel Gold）據說也是與辛克萊和傑克倫敦同時以描寫無產階級文學聞名的，只自恨我的英文程度不好，不能去鑒賞，以後我要努力。

「法蘭西聽說非戰的作品很多，但是巴比塞的作品，溫魯的作品……我卻不曾讀過，我更不能置評了」。

雷馬克因為是德國文壇上崛起的一個怪傑，而且他的盛大的聲譽引起了作家們的攻訐，更兼以他的孤僻，也與英國的老戲劇家蕭伯納一樣，是文壇上生來的孤兒。對於德意志的老作家們他認為是過去了，在新作家中，他對於與刻勒曼（Bernhord Kellerrmann）齊名的夫藍克（Bruno Frank）是特別的推崇為戰後很有為的青年作家；而同時對於他的《卡爾與安娜》是戰後一部難得的作品。

為了傾慕者給與的麻煩，他願離開柏林。每當他出街散步時，市上的人都注目掉頭來凝視在那美麗的面部上頂著黃褐色頭髮的曾作一部小說激勵全世界的少年作家，但是他沒有法子避免。因此，在他內心衝突的時分，最近他開始寫他第二部作品，目的並不是要想獵得名氣，因為他決定要幫助平常人；在柏林接到的許多兵士們給他的信使他得著一點安慰，他

不得不把兵士們在戰後的生活寫出，替那些與他同在炮火下殘留的靈魂道出心中的苦悶。所以他說：

「我是描寫生活的背景，那樣一位青年，像我自己——以及保爾（Paul Baovner）——以青年的身分犧牲一切去承受戰爭的經驗，繼續挾帶著他的創傷，繼之給戰後時期中的狂潮卷去，終於找尋了他的途徑，入於生活的調和。雖然，我不能再從世界獲得《西線無戰事》那樣的聲譽和狂熱，但預料關於戰後的描述是將使我更遭受難堪的厄運。我只要寫出我們一代人的心懷和遭遇，我並不當作控訴狀，懺悔錄，毀譽我早置之度外了。」

雷馬克的續著在德國夏季可以成功，名字還沒有定。在英國方面的譯本仍決定由《西線無戰事》（All quiet on Westernfront）的譯者淮恩（Wheen）氏擔任。全世界的讀者都企望著他的新著，看這位青年軍人又如何的把捉著他的千萬讀者的心呢。

參考：

（一）《紐約時報》（New York Times）
（二）《曼賈斯特導報》（Manchester Guardian）
（三）《約翰亞蘭敦週報》（The John oiondon Weekly）
（四）《文字春秋》（The literary digest）
（五）Die literausche Welt《文學雜論》。
（六）巴黎的《文學週報》。

（編者注：原文刊載於《現代文學》第1期1930年出版）

奇女子與怪和尚（殘章）
——浣花夫人與侍僧邵碩

三月三是浣花夫人的生日。

成都人每年都要去遊百花潭。

> 浣花流水水西頭，
> 主人為卜林塘幽。
> 已知出郭少塵事，
> 更有澄江銷客愁。
> 無數蜻蜓齊上下，
> 一雙鸂鶒對沉浮。
> 東行萬里墮乘興，
> 須向山陰上小舟。
> ——杜甫卜居階

　　這詩是唐代大詩人杜甫流落成都時，在浣花溪上卜居草堂的詩，浣花溪在成都新西門二里，離青年宮二仙庵只有數十步。我們只要一聽到古人的詩句，就可見到許多對於浣花溪和百花潭的吟詠。浣花溪和百花潭是異名而一地。杜甫和陸放翁在四川住得很久，他們離開四川後，還時常在詩中懷念著呢！

　　百花潭和浣花溪的名字，是怎樣來的呢？據清代何禮明浣花草堂志載：「唐冀國夫人本姓任，任媚曾禱於神祠，夢神人授乙太珠，覺而有

孕。明年四月十九日生女，稍長，（此處不清楚）。有僧過其家，瘡癬滿面，衣服垢蔽，見者心惡，獨女敬事之。一日，僧持衣求浣，女欣然濯之溪邊，每一漂衣，蓮花經雙手而出。驚異求僧，已不知所在，因稱其處為百花潭云。」其實，百花潭只是一條小溪的迴旋者，表面上看來也沒有什麼特異，然而有了這種神話的附會，就感覺另有一番美麗的意味了。——尤其是在詩人們的眼中，特別是一種有趣的詩料。

唐五代時，後蜀的詩人牛嶠李峋，都曾作有歌詠浣花溪的詞：

> 昨日兩溪遊賞，芳樹奇花千樣，鎖春光。金樽酒，磨弦管，嬌妓舞衫香暖，不覺到斜陽，馬驛歸。——西溪子

> 泣舊傷離欲斷魂，無因重見玉樓人，六街微雨鏤香塵。早為不逢巫峽夢，那堪虛度錦江春，遇花傾酒莫辭頻。——浣溪沙

這種情景，都是浣花溪而引起的「煙士披里純」；當日後蜀的詞人們，都努力的製造出一些歷弊之音。那種亡國之音，今日人們重到浣花溪，也難產生出他們那樣的意境。據蜀禱杌所載：「乾德五年四月十九日，王衍出遊浣花溪，龍舟彩舫，十里綿延。自百花潭至於萬里橋。遊人士女，珠翠夾岸。……」這位風流小皇帝遊玩的場面，真實輝煌已極；他後來由偏安而失王位，也是罪有應得。

歷來詩人們遊浣花溪的作品很多，但大多是遊玩行樂之作。不是說：「浣花溪上春風後，節物正宜行樂時。十里纏綺青蓋密，萬家歌吹綠楊垂。畫船疊鼓臨芳淑。彩閣凌波凡羽邑。霞景漸曛歸柞促，滿城惟醉待旌旗。」（田況四月十九日泛浣花溪詩。）便是「此歡那復得，拋恨寄天涯。」（宋祁浣花泛舟詩。）而能作敘事詩以表彰這位奇女子事蹟的，只有吳芸吉的浣花曲了。吳是近代川中的大詩人，他領會了中西詩之長處，企圖另創新體。惜乎沒有完全達到目的便死了。他的浣花詩共十二首，詩云：

浣花女住浣花溪，溪流瑩帶歸塘西。
白石粼粼波瀹瀹，如親玉骨與冰肌。
木明珠兮墮塵世，自妙齡兮嫻嫻諦；
貞潔慈祥誰得知？芳心惟有佛前寄。
浣花淫好鑒春陽，浣女凌波明素妝；
浣處清幽塵不到，浣餘佛誦吐蘭芳。
有母有母終年疾，日日茶湯溪上汲；
愛親敬佛禮物殊，佛法無邊孝第一。
精衛銜枝可填海，愚公命子可移山；
嬰兒子節姜詩暇，在我誠心堅未憾。
古怪龍鍾何處僧？瘡癬滿肢膿滿體。
手持破衲臭如淤，漫向人家祈洗濯。
鄰家姊妹卻遲藏，儂心自皎不濾瑩，
鯉魚隊隊禦浮臏，蚨時時覺好香。
我佛檀那……

（後面兩頁均模糊不清楚）

　　以上浣花溪的故事，是與佛門子弟有關係的；那奇女子為了浣洗僧
衲，留下了一件千古趣事。現在，再談一位同時代的怪和尚。

　　吟風弄月本是有閒階級消磨時光的玩意兒，別人原是無份的。但那些
除了世的佛門子弟，也夠得上說是有閒。吟風弄月雖然並一定是犯戒，但
他們也能空色相，藉書詩的形式來作些諷世勸善的工作，卻也是無法禁止
——自然，古代的所謂侍僧惠體和賓月也曾做過不少的豔詩，而佛門子弟
所作的詩，終於是諷世說理的占多數。

　　在唐朝，四川有一位著名的詩僧邵碩，他是一位奇怪的和尚。據僧傳
上說他：「居無定所，恍惚如狂。為人口大，眉目醜拙，或入酒肆，同入
酣飲。而性好佛法，每見佛像，無不禮拜讚歎，悲感流涕。」從這種描寫
看來，他真是一個奇怪的和尚了。

　　邵碩不像惠體和賓月那樣，專以作豔詩為事。他雖然是詩僧，卻喜歡做打油詩勸人。他的本傳上說他：「遊歷益都諸縣，及往蠻中，皆因事言諧，協以勸善稱。」詩之于邵碩，不過是一種勸善的工具罷了。

　　那時益州刺史劉長明，想試一下他的道德，看他是不是一個假冒偽善的和尚，他以男子的衣服衣二妾來試碩道：「以此二人給公左右，可乎？」他卻用韻語答他道：「寧自乞酒以清醥，不能與阿夫竟殘年。」雖說還不能達到：「本來無一物，何處染塵埃！」的境界，但邵碩卻也算是一個清白的僧伽！

　　不但是如此，他還積極的運用詩這一工具來諷刺政治，為民請命，解除民眾痛苦。某次，孟明長史沈仲玉改鞭杖之格，比平常一切的苛責都要沉重。邵碩為了正義和公道，對沈仲玉說道：「夫地嗷嗷從此起，若除鞭格得刺史。」為了他這韻語的諧諷，仲玉便把這種嚴重超過了常科的峻罰廢除了。

　　因為他的遺愛在人，德行為可風，由他的死寂還發生了一種有趣的神話。據說他在臨死時語道人法進說：「可露菩骸，急盤履著腳。」道人依之，出屍置寺，二日後，屍體忽而不見了。剎時有人從鄰縣來，遇法進說：「昨見碩公在寺中，一腳著履。漫語云：「小子無所適，失我履一隻。」法進不覺為之詫異，檢閱經手裝殮邵碩的沙彌，沙彌答說：「因送屍時怖恐，右腳一履不得繫緊，遂失之。」事雖荒唐，但他卻給人留下一些美好的印象。

　　四川歷來都為神話所包蔽著。司馬相如和李白的飄逸，也許是受了這些思想的結果？──但民族的史詩，便是這樣造成的啊！我們對於這樣神話，不要太忽略了。它可以增加人們政治上的正義感！它更可以鼓舞著人們守土抗戰，保衛鄉土的意識！

（編者注：原文刊載於《經緯副刊》第6期1945年出版）

楊昌溪創作年表

韓晗、楊筱堃　整理

1902年

楊昌溪，又名楊康。

6月25日（農曆5月20日）出生於四川省仁壽縣龍駒場一普通農家。「自幼聰穎好學，體健善言。因家道貧寒，至當地外國教會學校以工養學。」（其子楊遠承語）

1920年，18歲

發表處女作《美國與新俄的女工生活的比較》並與金梅筠合譯《樊迪文夫人論婦女解放及兒童保護》於《婦女雜誌》第2期。

1922年，20歲

考入惲代英曾任校長的瀘縣川南聯合縣立師範學校，與同學毛一波、李之清、張謙弟等十餘人，組織文學社團「愛波社」。「以研究文藝為主，寫《愛波壁報》，並與重慶《商務日報》（副刊）合作，編輯《零星》半月刊。」（見政協自貢市沿灘區第四屆委員會文史資料委員會編，《沿灘文史・第2輯》，1995年10月）

1927年，25歲

從師範學校畢業，入上海聖約翰大學。

1929年，27歲。

發表綜述類稿件《四川婦女運動史的一頁》於《新女性》第12期。

7月10日，在《開明》雜誌上發表《關於〈給青年的十二封信〉》。

1930年，28歲。

畢業於上海聖約翰大學。

由金馬書店出版中篇小說集《三條血痕》（164頁），本書收《寒冬的春意》、《鐵皮刀》、《血腥的記錄》、《遺書》、《三條血痕》、《被扣的信》6篇小說。

與鍾心見合譯阿爾塞斯基的長篇小說《兩個真誠的求愛者》（138頁），由支那書店出版。

發表論稿《電影明星希佛萊之婦人論》於《紅葉週刊》。

發表通訊類稿件《最近的世界文壇》、《羅蘭斯逝世》，述評類稿件《哥爾德——美國的高爾基》、《雷馬克的續著及其生活》、《伊斯脫拉底——巴爾幹的高爾基》於《現代文學》第1期。

發表一批通訊類稿件如《美國卜里茲文學獎金頒發》、《法國刊行革命詩歌集》、《英國工人的戲劇運動》、《巴蕾當選愛丁堡大學校長》、《英國文壇雜訊》與述評類稿件如《俄國工人與文學》、《現代土耳其文學》、於《現代文學》第3期。

發表《友情》（章衣萍著，北新書局出版）的書評於《現代文學》第5期。

發表《瑪耶闊夫司基論》於《現代文學》第4期。

發表《蘇聯廢教運動之過去及其現在》於《北新》第13期。

此段時間，楊昌溪「在上海出版界比較熟悉，並有一定名氣」（屈義林語），時常接濟一些文學青年，畫家屈義林曾專門寫文章回憶此事。（見屈義林《鬻文賣畫耽詩客》）。

1931年，29歲。

2月，翻譯美國作家歌爾德的長篇小說《無錢的猶太人》（384頁），由現代書局出版。

3月30日，與胡風（張光人）合作《太戈爾的近況》於《青年界》第1卷第1期。

3月，翻譯《油茶匠底淚》於《星洲日報二周年紀念刊》（傅無悶主編）。

發表《匈牙利文學之今昔》於《現代文學評論》第1期。

發表《土耳其新文學概論》於《現代文學評論》第2期。

與汪倜然合作《國外文壇消息（十則）》於《讀書月刊》第2期

發表書評《作文講話》於《青年界》第3期。

發表隨筆《力學雜談》於《青年界》第4期

3、4月，翻譯美國作家哥爾德的隨筆《職業的夢》於《讀書月刊》第3、4期。

4月，與林疑今合譯德國作家雷馬克的長篇小說《西線歸來》（472頁）由神州國光社出版。

5月，《給愛的》（152頁）由聯合書店出版。

5月31日，詩歌《戰士進行歌》發表於《盛京時報》。

7月，由現代書局出版出版個人專著《雷馬克評傳》（152頁）。

8月，發表《黑人文學中民族意識之表現》於《橄欖》第16期。

10月至11月，發表評論《西人眼中的茅盾》、譯文《龔枯爾獎金得者佛柯尼》、於《現代文學評論》第2卷第3期至第3卷第1期。

10月參加謝六逸、朱應鵬等人發起的上海抗日文藝團體「救國會」，與邵洵美、趙景深、曾今可、蕭友梅等人一道，在東亞會堂及新世界飯店開會數次。

1932年，30歲。

2月12日，發表評論《魯迅諷刺徐志摩》於《文人趣事》（楊昌溪主編，上海良友圖書公司出版，此書同年9月再版）

由上海良友圖書印刷公司出版傳記文學《卓別林之一生》（107頁）。

發表中篇小說《煙苗捐》於《絜茜》月刊第1期。

女兒寧北河在北京出生。

1933年，31歲。

離滬至江西南昌，受聘任江西電訊社編輯主任、南昌新聞報總編等職。

發表《巴克夫人與江亢虎論戰》於《文藝月刊》第4卷第2期。

4月13日，發表《有話對大家說：「事務所」的門外漢》於《文藝新聞》第5期。

隨筆《迎蕭伯納》、論文《蘇俄戲劇之演化及其歷程》發表於《矛盾月刊》第5、6期。

7月，發表《皮蘭德婁之短篇小說》、《皮蘭德婁的新劇本與電影》、《皮蘭德婁的傳記》於《文藝月刊》。

8月，中篇小說《鴨綠江畔》發表於《汗血月刊》第一卷第五期。

12月，學術專著《黑人文學》（60頁）收入趙家璧編的《一角叢書》，由上海良友圖書印刷公司出版，該著從詩歌、小說和戲劇等不同文體來分門別類地介紹美國黑人文學，如此分門別類地介紹黑人文學在當時的中國尚屬首次。

1934年，32歲。

發表譯作《論電影檢查的意義》於《中國電影年鑑·1934年卷》（中國教育電影協會年鑑編輯委員會編輯）。

發表評論《黑人文學中民族意識之表現》於《民族文藝論文集》（吳原、潘公展等編，杭州正中書局出版）。

4月1日，發表《太戈爾論神及民族文化》於《文藝月刊》第5卷4號。

5月10日，魯迅以筆名「黃棘」在《中華日報‧動向》上刊文《刀「式」辯》，批評楊昌溪的小說《鴨綠江畔》有抄襲法捷耶夫小說《毀滅》的嫌疑，「生吞活剝的模樣，實在太明顯了」、「但是，生吞活剝也要有本領，楊先生似乎還差一點。」這成為了楊昌溪終生的「政治污點」。

1935年，33歲。

4月5日發表散文《儒生之用》於《申報‧自由談》

發表《童話概論》一文於《文藝創作講座‧第1卷》（光華編輯部主編、出版）

1936年，34歲。

「楊昌溪」詞條入選錢天起主編的《學生國文學類書‧一冊》。

擔任南京新生活運動總會編輯組長（至1939年）。

發表評論《孔子與新生活運動》於《廣播週報》第103期。

發表評論《擁護領袖與尊師重道》於《新運月刊》第7期。

1937年，35歲。

發表《勞動服務理論與實際諸問題之檢討》於《新運導報》第7期。

發表《今後新生活運動的推行問題》於《新運導報》第9期。

發表中篇小說《熱戀》於《新時代》第1至4期。

1938年，36歲。

2月，由上海金湯書店出版《中國軍人偉大》（121頁）。

2月，與潘子農、沈起予一道，出席謝冰瑩主持的《新民報》副刊《血潮》「作者座談會」。

第一任妻子王滌之女士在戰火中遇難。

　　主編的抗戰通訊報導集《在火線上的四川健兒：川軍抗戰實錄》（60頁）由金湯書店出版，收錄《站在國防前線的川軍》、《血戰東戰場上的楊森將軍》、《孫軍滕縣血戰實錄》、《滕縣血戰殉國的王銘章師長》、《陳離師長病榻訪問記》、《兩下店川軍建奇功》、《在西火線上血戰的川軍》等文章若干，係關於川軍抗戰最早的研究專著。

1939年，37歲。

　　入川，娶第二任妻子何問禮（四川資中人），任北碚立行中學高中語文教員。

　　隨即入黔，先後任貴州省政府審訓團編審、貴州青年中學教官、貴陽師範學院倫理系兼職教授。

1940年，38歲。

　　由青年書店出版S. H. Robberts的譯著《世界各國勞動服務》（382頁）。
　　長女楊遠蓉出生於成都。

1941年，38歲。

　　由國民圖書出版社出版兩部報告文學作品《大家齊來打日本》（13頁）、《王銘章血戰滕縣城》（56頁），屬於「國民常識通俗小叢書」。

1942年，40歲。

　　次子楊遠承出生於四川自貢。
　　發表雜文《硬漢楊升庵》於1942年11月4日《中央日報》。
　　發表雜論《相如辭賦的評價》於《中央日報》1942年11月20日。
　　三女楊遠渝出生于重慶。

1945年，42歲。

中篇小說《奇女子與怪和尚》發表於《經緯副刊》第6期。

雜論《論文藝中的戰鬥性》發表於《通訊》第4期。

1946年，43歲。

四女楊遠築出生於貴州貴陽。

5月1日，發表《賽珍珠〈論水滸〉》於《大風月刊》第1卷第9、10期。

1947年，44歲。

接替沈天冰任《幸福報》（三日刊）主編。

1948年，46歲。

應貴州省府秘書、《貴州日報》社長向震之邀，受聘擔任《貴州日報》總編輯。

五女楊遠福出生於貴州貴陽。

1949年，47歲。

基本上停止創作，開始研究易經、中醫等學問，任貴州省直屬機關幹部業餘文化學校高中部語文教員。

1955年，53歲。

7月，以「歷史反革命罪」，被貴陽人民法院判處有期徒刑十年（見1955年《黔刑特字第2號判決書》），在省監獄及金華農場等地勞動改造。「因生性率直耿介，喜論國事，且授課旁徵博引，招致『審幹』中身陷囹圄。」（其子楊遠承語）。

1962年，59歲。

刑滿釋放，在貴陽市中西街道服務站修繕隊泥木石組做臨時工。

1976年，74歲。

5月4日，患結腸癌病逝。

1987年

4月，貴陽中級人民法院以1986年度《刑申字第69號判決書》，認定對楊昌溪的原判為錯判，應予平反糾正，並為楊昌溪恢復名譽。

文學視界59　PG1148

黑人文學研究先驅楊昌溪文存（下）

作　　者／楊昌溪
編　　者／韓晗、楊筱堃
主　　編／蔡登山
責任編輯／蔡曉雯
圖文排版／楊家齊
封面設計／陳怡捷

發 行 人／宋政坤
法律顧問／毛國樑　律師
出版發行／秀威資訊科技股份有限公司
　　　　　114台北市內湖區瑞光路76巷65號1樓
　　　　　電話：+886-2-2796-3638　傳真：+886-2-2796-1377
　　　　　http://www.showwe.com.tw
劃撥帳號／19563868　戶名：秀威資訊科技股份有限公司
　　　　　讀者服務信箱：service@showwe.com.tw
展售門市／國家書店（松江門市）
　　　　　104台北市中山區松江路209號1樓
　　　　　電話：+886-2-2518-0207　傳真：+886-2-2518-0778
網路訂購／秀威網路書店：http://www.bodbooks.com.tw
　　　　　國家網路書店：http://www.govbooks.com.tw

2014年5月　BOD一版
定價：280元
版權所有　翻印必究
本書如有缺頁、破損或裝訂錯誤，請寄回更換

國家圖書館出版品預行編目

黑人文學研究先驅楊昌溪文存 / 楊昌溪作 ; 韓晗, 楊筱堃
　編. -- 一版. -- 臺北市 : 秀威資訊科技, 2014.05
　　冊 ;　　公分. -- (文學視界 ; PG1145-PG1148)
　BOD版
　ISBN 978-986-326-239-8 (上冊 : 平裝)
ISBN 978-986-326-240-4 (下冊 : 平裝)

848.7　　　　　　　　　　　　　　　　103005478

讀者回函卡

感謝您購買本書，為提升服務品質，請填妥以下資料，將讀者回函卡直接寄
回或傳真本公司，收到您的寶貴意見後，我們會收藏記錄及檢討，謝謝！
如您需要了解本公司最新出版書目、購書優惠或企劃活動，歡迎您上網查詢
或下載相關資料：http:// www.showwe.com.tw

您購買的書名：＿＿＿＿＿＿＿＿＿＿＿＿＿＿＿＿＿＿＿＿＿＿

出生日期：＿＿＿＿年＿＿＿＿月＿＿＿＿日

學歷：□高中 (含) 以下　　□大專　　□研究所 (含) 以上

職業：□製造業　□金融業　□資訊業　□軍警　□傳播業　□自由業
　　　□服務業　□公務員　□教職　　□學生　□家管　　□其它＿＿＿

購書地點：□網路書店　□實體書店　□書展　□郵購　□贈閱　□其他

您從何得知本書的消息？

　□網路書店　□實體書店　□網路搜尋　□電子報　□書訊　□雜誌

　□傳播媒體　□親友推薦　□網站推薦　□部落格　□其他＿＿＿＿＿

您對本書的評價：（請填代號　1.非常滿意　2.滿意　3.尚可　4.再改進）

　封面設計＿＿＿　版面編排＿＿＿　內容＿＿＿　文／譯筆＿＿＿　價格＿＿＿

讀完書後您覺得：

　□很有收穫　□有收穫　□收穫不多　□沒收穫

對我們的建議：＿＿＿＿＿＿＿＿＿＿＿＿＿＿＿＿＿＿＿＿＿＿

＿＿＿＿＿＿＿＿＿＿＿＿＿＿＿＿＿＿＿＿＿＿＿＿＿＿＿＿＿＿＿

＿＿＿＿＿＿＿＿＿＿＿＿＿＿＿＿＿＿＿＿＿＿＿＿＿＿＿＿＿＿＿

11466
台北市內湖區瑞光路 76 巷 65 號 1 樓

秀威資訊科技股份有限公司　　　收
　　　　　　　BOD 數位出版事業部

⋯⋯⋯⋯⋯⋯⋯⋯⋯⋯⋯⋯⋯⋯⋯⋯⋯⋯⋯⋯⋯⋯⋯

（請沿線對折寄回，謝謝！）

姓　　名：_____　年齡：_____　性別：□女　□男

郵遞區號：□□□□□

地　　址：_____

聯絡電話：(日) _____ (夜) _____

E-mail：_____